我
忙著孤獨

Busy
Going Solo

精神科觀察日記・

威廉

目錄——

輯一

一個人，有一整個世界要忙

作者序

輯二

獨自生活全憑本事

輯三

滋養生活的樣貌

輯四

治癒心的方法

輯五

愛你的人，愛你的靈魂

Busy
Going Solo

我一個人住

「一個人孤獨老去我不怕，我害怕到老都不知道怎麼面對孤獨。」

我在《絕交不可惜，把良善留給對的人》寫過這樣的一句話，有時談到孤獨，難免矯情，畢竟以普世價值來說，不管主動或被動，活成孑然一身總不容易。「孤」是沒有父母的孩子，「獨」意指單一，文人成就以負義，還有些許來自旁人的憂慮。

離家之後，我睡過別人家的小孩房、客廳沙發、房間地板，也曾寄生頂樓天臺、洗衣店、補習班跟漫畫店的包廂，姿態瑟縮，甚至有點窩囊，倒也不太介意。去年搬到四樓，新居和舊宅的租約有一個月的重疊，很難得能有餘裕整理過去，有心思規劃未來，不再踉踉蹌蹌，只為安身而已。

再過兩年，我屆四十，日子從因忙碌而孤獨，變成因孤獨而忙碌。對感動的沉澱，對美感的堆積，經過時間、溫度和壓力的催化，結成一塊堅硬又粗糙的礦石，柔軟的紙頁將時間剖出切面，層層排列的波紋，色澤斑斕，而且觸感光滑。

第一層包得最深，是我信仰的內核，即便有人來了又去，依舊能心安理得的存在。

第二層是和自己生活的雛形，有些可愛的小事值得細細琢磨。

第三層較厚，顏色也深，它是面對質疑跟恐懼的屏障。

第四層質地輕透，跟心靈有關，能量可以清空記憶深處的污垢。

最後一層，以愛為題，一個人並非宿命，而是隨時準備和另一個人相遇。

孤獨，應該是中性的詞，描述不受負累也不被打擾的狀態，其實是一種享受。捧起熱茶，讓鼻息迎著香氣，啜一口人生的甘洌，吐出白煙，正是我書寫時的悠然心情。

有段時間，我急著要斷開身邊的人想圖個清淨，執著於獨來獨往的形式，以為只要不接受外在世界的變化，躲在殼裡一動也不動就能安寧。群居或獨居，不過是生命軸線中的一段過程，既然最終都要靜止，那就更不能停。壓著和別人一起生活的痕跡，不慌不忙地滾動，即便肩上負有千斤重，面對慾念，還是能維持優雅。

這些年，一個人住，常在想自己老了會是什麼模樣？能否來去自如，心境似風，正如這本書的偶然發生，緣自一句「我過得很好，別擔心。」五十篇生活散記作為時光的寶藏，期待哪天隨手翻起，嘴角依舊上揚。

我喜悅，我富足，我正忙著孤獨。

威廉／曾世豐

輯一

一個人，有一整個世界要忙

大人真正的自由，是能以個人意志去做選擇，成爲最初的自己。

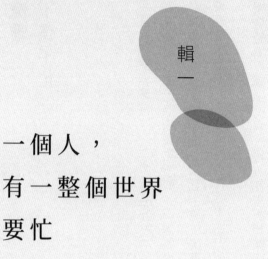

所謂優雅，正是不慌不忙

曾想過組個《早餐俱樂部》（The Breakfast Club），和幾個有想法、頻率接近的朋友，選在週末交流近期的所見所聞。不需要掏心掏肺，但要暢所欲言，掀開自己的脆弱面也無妨，工作上的、情感上的、身體上的，都能大方拋出來討論，我與生俱來的樹洞體質，一定是最先伸手捧住的那個。

這些年與群體漸行漸遠的我，慢慢從電影情節中清醒，從社會的期待抽身，只要有一絲絲展示性質的聚會，需要施展社交能力，都被我歸類在工作。一塊吃早餐的想法沒有不好，但只要有人的存在就會顯得費神。硬一點變讀書會，軟一點變互助會，兩者皆有助於胃食道逆流。是我當時太天真，在難得的假日，對著另一群充滿上進心的人類做口頭簡報，把大好時光拿來告解，講的人跟聽的人相互推向低氣壓，殉葬在一杯滾燙的黑咖啡，值得嗎？

不工作的時候我一定處於離線狀態，懶得思考，就連早餐也是。同個組合可以吃足一年，等到膩了、煩了，會進入一段嚐百草的週期，最後再換一套。中冰奶跟果醬吐司夾半熟蛋、中涼紅和鮪魚蛋餅加番茄醬、肉燥飯配上虱目魚皮湯，再多點滷魚頭跟油豆腐，否則，實在愧對自己生活在早餐王國，含著竹筷子出生。

不是我不想變化，而是睡醒後的第一個小時，節省腦力是必要的。

一個人，一天能講話的額度實在有限。以我為例，其實從來沒有表達方面的問題，不僅如此，還特別喜歡發表意見，嘰嘰喳喳一整天，教室全是我的聲音。詭異的是，長越大越安靜，並非性情大變習慣寡言，而是大人世界的說話不只是說話，而是得負責任的。為求周全得顧及對方感受，還要估算口氣及影響範圍，每句話都必須再三琢磨，於是好好說話變成一件很燒腦的事。

輯一／一個人，有一整個世界要忙

在柏林住過一間氣氛溫馨的三房公寓，二房東是義大利人出生在波隆那，一名約莫三十多歲的音樂家。因為想換個城市生活，以尋找更多的創作靈感，他的姊姊偶爾會來住個幾天，多餘的房間就放到 Airbnb 做日租。那天我約好博物館的導覽，得趕在中午前出門，一早起床，廚房飄來咖啡香和交響樂，我輕輕推開門，從門縫中窺視。

這一幕很不真實。

臺灣的早餐店很多，但在家吃過才出門的人少之又少，唸書時期將就課桌，出社會後便換成辦公桌。廚房不等於飯廳，主要作為烹飪使用，若不是住著一整個家，配有餐桌，否則用餐都在客廳的桌几，讓螢幕成為一頓飯的核心。

義大利人的早餐很簡單，不過是咖啡和麵包而已。他告訴我，吃太豐盛的早餐會無法思考，對於創作者來說，瞭解大腦的活躍週期很重要。問起今天有什麼計畫，他搖搖頭表示哪也不去，就在家專心寫曲。起身，倒咖啡，坐下，撕麵包，緩慢到像是蔡明亮的電影。

所謂優雅，正是不慌不忙。

去年搬到新住處，我買了一組松木餐桌椅，規定自己早餐只能在這裡吃。早餐很重要，不如說早晨這段待機時間很重要。

起床第一件事，先看手機是否有未接來電。簡單梳洗之後，烤個貝果、沖杯咖啡，抹醬甜的、鹹的隨機取用，把義式晨之美搬回臺灣，早餐吃得越無聊越好，不讓他人有打擾的機會。作為開場，我不愛繁複編曲的音樂，天氣好就以民謠佐陽光，陰天雨天便和古典鋼琴作伴。沒到過義大利，更不識波隆那，卻私自引用了他的生活方式，嘗試活成藝術家。

在鬆軟的氣氛裡甦醒過來，這一天比較不容易疲倦，身體對於高強度的工作量，承受力會提升不少。早晨是絕佳的靈感孵化時刻，好的效率、好的作品都來自於安穩的空間。在決定一天情緒跟生產力的早晨，我盡可能不與人對話。知道今天行程很滿，即將見到很多人，那頓早餐一定會吃久一點，千千萬萬不可催促。

時間快到時再走出休息室，獨自在後臺醞釀情緒，生人勿近，巨星登場前一定會有這一段，對吧！

我的志願一直在變

與同齡的孩子們相比，我算開竅得早，求知慾強，主動性高，不再是呆萌的爬行生物，變成專吃地球知識的怪獸。老師對我的印象總是十分深刻，但深刻不一定是好事。

小學一年級的第一次段考，拿了全校唯一的滿分，接著第二次、第三次達成學期大滿貫，白衫藍褲的制服立刻升級為巫師袍。一夕之間，我的家庭教育引起熱烈討論，老師猜有上過學齡前的先修班，同學則探聽在哪裡補習。面對質問，我的一貫回答是：「因為我喜歡唸書。」卻被嫌做作，到後來便拿老師常講的那套說詞：「課前預習，課後複習。」總算應付過去。

家中是開木材行，和學校在同一條路上，距離不到兩百公尺的地方。星期三中午放學之後，一位體態豐腴的太太載著孩子，將機車停在門口，走了進來。母親連忙放下鍋鏟，用圍裙擦拭手上的油水，上前招呼，對方摘下口罩，原來是我最要好的同學和他的媽媽。

「你好，想找什麼材料嗎？」

「曾媽媽你好，我是江太太，打擾幾分鐘想請教你平時怎麼教孩子。」

「是他自己唸的，其實我們沒特別教什麼。」母親難為情地回應。

大人們在講話，我拉著同學到旁邊玩，隨手拿起家裡賣的木條，作勢要處罰他，模仿母親的管教口氣：「不乖就打。」立刻被狠狠瞪了一眼，叫我上樓回房間寫功課。我以為只有紮公主辮繫大蝴蝶結，或便服日穿著皮鞋和吊帶短褲的同學會引來關注，沒想到成績好的標籤太過醒目，走到哪都有人對我的人生指教，要父母好好栽培，這孩子未來不是當醫生，就是律師的料。

不過六、七歲的孩子，沒本事負重前行，成績開始出現瑕疵。學校在星期三跟星期六的下午有開才藝課，我興沖沖地填完報名表，想學小提琴、想參加合唱、想做陶藝，還想畫水彩，最後還差一格家長簽名，母親只准我選作文課。

我喜歡作文，那是枯燥的語文科目裡，唯一溼潤的部分。命題寫作向來難不倒我，只需要放慢速度把想講的話，一個字一個字地騰進格子，很快就能填滿一張稿紙，輕鬆交卷。唯獨一次遲遲動不了筆，題目是「我的志願」，我左顧右盼，試圖想看看別人寫些什麼。

「怎麼了？」老師溫柔地問。

「寫不出來。」

「怎麼會呢？你想想看未來想做什麼。」

「有很多想做的。」

「就寫最想做的一個就好。」

「都很想做怎麼辦？」

最後，我寫了想當老師。老師最大，所有人都得聽他說話；老師最大，連爸爸媽媽都得照他的方法；老師最大，沒人敢指使他未來究竟要幹嘛。

之後我再也沒考過滿分，聽得最多的是「怎麼會變這樣？」高年級唸到「小時了了，大未必佳」的典故，這八個字化成一只匕首，直直地插進心臟，那個對世界充滿好奇的孩子，滿口鮮血，不支倒地。

類似像填志願的問題，偶爾還是會困擾著我，即便處於平庸到沒辦法做選擇的境地，大考、當兵、出社會，有整整十年的時間安身於雜誌編輯的職業選項。成為自由人後，仍逃不過提問，經常有人問起接下來有什麼打算。我的回應時常在變，得從手邊正在忙的事情延伸，推敲出還算合理又不失創意的答案。慢慢意識到要成為怎樣的人，經常是周圍的不客觀期待，將一個人往某個方向推去，跑啊跑，沒力了也要跑啊跑，事不關己的人總說這叫人生的競賽，有時和自己跑，有時和別人跑。

可是啊，有很多的靈魂在成長過程中，早已功能性的死去。而我卻還能意識到這點，藏在真實心意裡的那個我，更不能任憑死去。

我上瑜伽，想要體態好看一點；報名商用英文，考慮轉職到待遇優渥的外商公司，這些選擇都是為了生存，無法跟快不快樂扯上邊。為了活著的想法很純粹，但累人的是被競爭釋義，想要比別人更舒服地活著。好不容易掙脫體制，就是想簡化成舒服生活。

前陣子，看完金馬獎頒獎典禮深受感動，想像著哪天能參與其中。不甘是白日夢而已，於是報了一期編劇課，班上學生從十八歲到五十歲都有。第一堂課，老師點名順便一一問起學習動機，想當編劇的人不少，也有對劇本創作有興趣的前來投石問路，一位刺青大叔說因為喜歡看連續劇，想試試看自己寫出好看的劇。至於我呢？常有一些莫名其妙的腦補故事，看看能不能轉換成真實。

進修有目的性，充實自己則不需要考慮太多。大人真正的自由，是能以個人意志去做選擇，整間教室沒有人是想著賺錢，或汲汲營營於成就。這樣的神聖心情足以讓我在週六一早起床，一旦缺課，愧對自己的罪惡感便油然而生，連結業了都沒發現。大老遠到關渡撲了空，在教學大樓門口自拍一張作為勤學的留念。

等腳傷好一點，我還準備報名桌球課，同時也在找教發聲的教室。下回若有人問起我接下來的計畫，我會氣喘吁吁地回答：「我的志願是成為最初的自己。」

自己選的，怎麼看都美

這些年漂亮衣服買得比以前少，一有閒錢全拿來投資和家有關的事物。床單花色要順眼，至少有兩、三套可以輪換。因為久坐想買張好一點的椅子，物色對味的室內香氛、無毒成分的精油清潔液，最常穿的室內拖則選透氣厚底，半年汰換一次。只要是給自己用的，我都捨得。

我們這代人的購屋夢有好一大半被現實拍熄，食衣住行最能夠退讓的肯定是「住」。蔣勳老師曾說：「一個家必須能富足心靈，哪怕是往後需要歸還的房子，只要住在裡頭一天就務必要善待自己。」衝著這句話，我再也不想因為省錢，屈就在小如麻雀的擁擠空間，我的心、我的肝、我的胃早被養大，是時候該換到更大坪數的房子，一個月少出門幾次，把娛樂開銷轉注到租屋預算。

在臺北租屋像是一場醒不來的惡夢，很難在價錢跟品質之間討得公道。不管屋況再差，仲介都能說得一口千載難逢，多數房東的裝潢品味差到像鬼壓床，住進去之前得花一番心思進行改造。我對住的要求，亦是生活品質的覺醒，空閒時很愛欣賞別人的家，看著社群上一張張美麗照片，恨不得自己就住在裡頭，其他視窗的八卦動態相對無感，盼著有那麼一天能住進親手布置的家。

早些年負擔不起家具，牆壁連打根釘子都是奢侈，想買張電影海報蓋住牆上的瑕疵，又因擔心殘膠，勉強和地震裂縫、壁癌共處。我自己很清楚，是能力不夠，對經濟條件、對美麗的事物皆是。

即使衣單食薄，我仍然攢了一些家當。最初是一盞 IKEA 的立燈，隨著時間累積，紙箱慢慢變多，搬家時從一臺機車滾踏成半噸貨車。前幾年，好不容易有點存款，租房以空屋為前提，自己搭配家具是件興奮的事。收入再好一點的時候，便把腦筋動到「輕裝潢」，請求房東給我更多發揮空間，並承諾退租那天，若是不滿意屋況再將它復原。

上任房東很開明，當時我打算重新粉刷牆面顏色，客廳想改工作室，需要加裝吊燈，他很瀟灑地回：「房子現在是你在住，只要不打掉格局，其餘要怎麼變都行。」現任房東人更好，願意讓我重新配電，調整屋內照明，換掉所有老氣的吸頂燈。那天，他們夫婦倆來處理修繕問題，在屋內走了一圈說：「謝謝你把房子照顧得很好。」聽了很安慰，生活這一關，我憑實力闖過。

一直想要有一整面綠色的牆，彷彿安身於大自然的包容，沒日沒夜地以「綠牆」的關鍵字搜尋，甚至把家具照片擺上去模擬，最後選出一款名為「淺土青藤」的綠，我很滿意。朋友來家裡作客，頭一件事便是靠著這面牆自拍，逼我交出油漆色卡，他的家也想比照辦理。我透露這面牆白天會反著偏暖的綠光，像是套上春天的濾鏡。屋內的家具、花器、燈飾、植栽……如何入手，擺設的位置經過哪些考究，凡是解釋創作理念的橋段，就算要我講一萬次都不會膩。

形體上的家，是理想的居住空間，無法一次就能走到，
靠著一次又一次的累積，慢慢接近的感覺很踏實。

photo / Debbie Kuo

形體上的家，是理想的居住空間，無法一次就能走到，靠著一次又一次的累積，慢慢接近的感覺很踏實。接下來期待能住進量身打造的家，格局照著心意走，起居空間配合我的生活習慣，那該有多好。到時我會大大方方地訂出規矩，進門要換室內拖，上完廁所要噴香水，抽菸只能在後陽臺，喝酒不能比我早醉。

客人的門檻要拉高，不是感情好就是素質好，顏值當作參考。要好的朋友可以留宿客房，家裡常備客用牙刷跟乾淨的毛巾，早上還附贈手沖的咖啡。像國王愛著王國，像佐佐木爺爺護著園圃，一草一木，一花一樹，即便是微小塵埃，只要是自己選擇的，都美。

以家之名

會一個人住，其實是意外。每當朋友來訪，總會驚訝我能自己待在三房一廳的老公寓，好幾個禮拜不跟別人聯絡，日子過得清幽。從前可辦不到，三天兩頭就打電話問大夥兒：「你在哪裡，我去找你。」相處久其實不難察覺到我怕寂寞的那面，或許是離開原生家庭後，一個人在外飄蕩總是不習慣，遇到對我好的人能賴就賴。

剛出社會的那幾年，住在永康街巷尾公寓的頂樓加蓋，在五六坪不到的套房獨自撐過第一次的失業，第一次的背叛，第一次的颱風夜停電。還記得那晚的降雨量很瘋狂，雨水從窗隙不斷冒進來，靠近房門的天花板滲出水，床的位置就在房間正中央，外頭風雨交加，雷聲劈得我心驚膽顫。抓著手機跟錢包，用棉被蓋住最值錢的電腦螢幕、主機跟幾件外套，強迫入睡，安撫自己一覺睡醒颱風就過，電應該也就來了。

經歷如災難電影的一夜，很難不把當時的處境想成孤苦無依。

有一次家人特地從南部上來看我，為了省住宿費，一家五口就擠在我的房間，爸媽睡床，三個兄弟打地鋪，早上輪著用廁所，氣氛鬧哄哄的。塑料門簾悠悠地擺盪，書桌上出現了一袋麵包，母親說：「太早起床發現你們都還在睡，就去附近散步，看到這麵包好像很好吃，就買回來給大家當早餐。」

雖然不安靜，但生活有家人陪好像沒那麼煩。之後，把這份依賴轉到室友身上，認識或不認識都行，住久了總會成一個家。有遇過感情很好的，分開時還辦了離別派對，至今還保持聯絡，偶爾抽空敘舊的感覺很好。也有不到一個禮拜就因生活習慣不同，最後撕破臉的過客，代墊的房租、借出的衣服、包包、香水跟一顆真心，全部有去無回，只能摸摸鼻子當作經驗。

像雛鳥學飛的過程，我不斷重複著跳躍和墜落，終於敢張開雙手，不需要旁人的加油。獨居跟勇不勇敢無關，而是一步一步克服弱點，走到這步其實沒什麼好怕，它是此刻最能感到自在的居住模式。搬進這間公寓之前，打算裡裡外外都安頓好了再找室友，聽聞某人在找房子，我透過共同朋友去打聽，當下立刻被勸退。

「得了吧，你真有那麼隨和？」

「哪有！我很好相處好嗎？」

「短時間相處當然沒問題啊，每天住在一起的話你自己壓力也大，有些底線非得被踩到，對方見你暴跳如雷才知道不可以，活了快四十年還不夠了解自己嗎？」

當二房東的壓力不小，要是被地雷誤傷，招進來的室友規格不符，得花多少力氣才能請對方徹底離開，一想到最壞的結局，就馬上冷靜下來。合租的公寓不可能採試住制，一住至少半年、一年起跳，感情好稱作家人，感情若是不好就是住在我家的陌生人。這個家花了不少心思，難怪我有著比以往還強的主導性，就算開民宿，也一定是挑客嚴格的主人。若沒有一定程度的感情基礎，我的心還真無法寬敞到不計較，願意將苦心維持的生活品質共享。

幾個月前，自朋友那接手一組狀況不錯的收納層架，靈機一動，把最小的房間拿來當更衣室，大半的衣服跟雜物挪走之後，主臥房更顯寬敞。另一間稍大一點，卻閒置大半年，我放了單人床墊跟床頭櫃，汰換成百葉窗跟極簡造型的吊燈，這間作為客房，床上鋪著舒服的毛毯，枕頭也是特別選過。

現在終於有能力讓家人來訪時，有個舒服的地方可以窩，對未來的預想，有一幕是像《東京鐵塔：老媽和我，有時還有老爸》，牽著年邁的父親跟母親一起過街，在我住的城市。當其他手足各自有新的家庭，我們三人還能以家之名，坐在一張四人餐桌吃頓熱熱的飯菜，換我來說故事。

回想這二十年關於自己出來住的甘與苦，恐懼提早到來是好事，因為不想讓害怕的事情再度發生，不知不覺中，我把心裡的洞一一填平。

「其實你現在這樣蠻不錯的，一個人住沒什麼不好。」

「我現在很清醒，這個家歡迎客人，但不適合住著別人。」

文明人用不著飢不擇食

唸書時我喜歡在早晨讀報，早餐店或學校閱覽室的影劇版肯定要搶，而且下手要狠，哪怕是半版新聞、半版廣告，能多分到一張紙都好。剛熟悉站立的幼獅，對外在世界有強烈的訊息渴求，扯破紙袋，瘋狂撕咬名為新聞的速食套餐。《星報》、《大成報》和《蘋果日報》是學生族群的米其林，當時的味蕾很鈍，嚐不出食物原味，但就是說不出來的香，尤其跟同學一塊分著吃的時候，特別香。

後來我如願成為一名新聞編輯，也當過時裝記者，成天躲在櫃檯後面炸薯條、做漢堡，頭幾年覺得好幸福。長年的資訊焦慮終於被放對地方，雖然薪水不多，但時常心懷感恩，畢竟能將興趣當成工作的人沒幾個。隨著職位調升，拉高看事情的制高點，我一陣心灰，原來大多數的媒體是綁架夢想跟熱情的加工廠，我小時候吃的薯條不是薯條，裡面沒有馬鈴薯。

貪心的業報總該要還，從小到大吃太多速食，讓身體產生排斥現象，離開媒體產業之後，對於瞭解時事的慾望降低很多。即便是靜態的文章，光是默唸文字也會覺得嘈雜，嚴重時會一整天在耳邊嗡嗡作響。影片的殺傷力更強，一分鐘的子彈、三分鐘的大砲，追完一則頭條新聞的來龍去脈，我已支離破碎，連翻頁的力氣都沒有。

過於旺盛的求知慾跟近乎病態的好奇心，使我變成一個很容易分心的人。我的感知能力，我的身體器官時常得和別人共用，成天討論與自己無關的事，時間是別人的時間。戒不了上網，朋友建議我取消新聞媒體的追蹤，果然舒服許多。社會上的事已學會如何阻擋，但在私領域的生活範圍，我不是個冷漠的人，三不五時會有朋友請教意見，淨是忙些不該忙的事。

「你有看到 A 的動態嗎？」

「沒，怎麼了？」

「她跟男友好像分手了。」

「我在忙，講重點。」

「你跟她不是很好嗎？要不要去關心一下。」

家裡到處是沒看完的書，陽臺曬了兩個禮拜的床單還沒有收，上個月訂的眼周按摩器有熱敷功能，拆箱後才用過一次。同時開五、六個視窗，裡頭夾帶著朋友的無聲抱怨跟很吵的貼圖，用著筆電還想著手機，回覆客戶的報價單發現忘記按發送，聞到鍋子的燒焦味才驚覺大事不妙。

「事情做不完，誰來關心我？」

「你幹嘛那麼兇？」

「她的感情事跟我有什麼關係？」

「聊個天也不行。」

「我看起來閒閒沒事做嗎？」

經過數十年的人體實驗，證實知道太多別人的事是異常沉重的負擔，一心多用有多麼折騰。腦容量隨著年紀急速萎縮中，我現在體虛多病，顧不得別人是生是死，得要強制養生，進行「擇食」。理出生活裡的無用資訊，朋友的瑣事是色素很多的糖果，花邊新聞是調味料下很重的洋芋片，雖然無毒可食，但罪惡的是占掉身體該吸收的營養，還讓人停不下來的謂之「垃圾食物」。

營養學有個詞叫「原型食物」，烹調過程講究、工法繁複的是「精緻食物」，我現在吃得很健康，經過太多手處理的訊息能少就少。一口氣取消所有新聞媒體的訂閱，更不想接收激烈的辯證，若有興趣的議題再自己搜尋，思緒反而清晰很多。私生活裡，因為對抗無知的焦慮，填充飢餓，囫圇吞下的垃圾食物，兩者皆拋。與無關的人攪和，虛耗時間，到頭來真正該做的，影響生計的活卻一事無成。

生活在人口密集的都會地帶，一走出家門就是商店跟攤販，即便如此，我還是堅持在自家陽臺種菜、種果，嚮往著孤陋寡聞的生活，後知後覺，甚至不知不覺。如果朋友覺得難聊，找不到共同話題，那表示做人成功。我相信自己求學問的上進心跟判斷能力，凡是不知道的事情，一定是不需要關心的，文明生活夠富足，用不著飢不擇食。

聊聊從前，但別太過留戀

同學會結束，我把一張合照傳給老同學K，裡頭所有人她都叫得出名字，唯獨站在角落穿著格紋襯衫的那個女生，是高一很要好的F，模樣已認不得。從前眉目如畫，個性文靜的她，是朵不飄暗香的花。「我知道你認不得我了，我以前很瘦的。」她對每個投射過來的驚訝眼神，一一解釋是類固醇影響內分泌，才會讓體重無法控制。當解釋到第三次，我忍不住截斷她的話，把話題帶向好久不見，喊著同學們一塊來拍照。

我把這件事情告訴K，擔心F病的不只是身體，還有心。F似乎遇上感情挫折，好多年了，仍然是個死結，再不忍心也得旁觀。和K的默契就是，凡事不需講太仔細，懂得對方會把柔軟的那一面往哪藏，聊著聊著便犯了想念。

趁著年假人還在臺南，就把K約出來見面，順便認識她的先生。我們約在一家咖哩店，點餐時她發現我不吃炸物。

「你現在吃得好健康，還真把自己當偶像在經營。」

「沒辦法，要控制飲食，你還記得雞皮壽司嗎？」

「記得，你會跟大家要炸雞腿的皮，包著白飯，一貫一貫擺好，一口一口吃掉。」

「你居然記得！我現在光想，就覺得油膩到有點想吐。」

剛入學時，我倆是班上的吉祥物，白白圓圓，常被誤認是兄妹，我沒被叫成小叮噹（哆啦A夢），但她卻得到小叮鈴（哆啦美）的綽號。直到感情熟絡一些，被我正名為「高肥小姐」。下課時間用屁股互相推擠，玩類似相撲的遊戲，上課鐘一響，就故意走同個門，一門不容二肥，擠不過去就互損對方是大胖子，笑到發出豬叫聲（簡稱：豬笑）。

升上二年級，分到不同班，兩人交集慢慢變少，畢業後徹底斷了音訊。大學最後一個學期我研究所考試備取未果，確定落榜，必修科目死當，延畢一年的生活費得自己想辦法，即將到來的畢業展，我拍了一部實驗短片，劇情尷尬到不忍直視。突然好希望見到K，和當時的我們借一點快樂，於是大半夜寫下一篇網誌：「高中摯友——高肥小姐」。

「我常常想起高中的一切，尤其這段友情。有些事情我老是忘記，但有些人我總不時想起。高肥，妳現在快不快樂？我常掛念妳，沒有把妳忘記。」

兩個月後，K來留言，我嚇到驚嘆號狂噴。趕緊加了MSN著急地問：「妳好不好？」

她口氣淡定：「還不錯啊！那篇文章好像在『紀念』我？」

螢幕這頭的我忍不住豬笑了幾聲，那一晚，又一起躲在回憶，感覺就像《龍貓》頭蓋一片荷葉，陪著我淋雨等公車，等到天亮又往更遠的地方出發。

十多年沒有同桌吃飯，把近期發生的好事交代完，最後還是提了大學被排擠，成天躲在房間難過的往事。K說：「換作是我，我也會跟你媽說一樣的話，叫你不要念了回臺南。」我緩著氣氛說沒事，只想解釋為何有那篇尋人啟事。

「可以理解你的心情，到日本留學的第一年我也過得很辛苦，人生地不熟，同學淨是愛炫富的千金。我得勉強和她們當朋友，京都人喜歡話中有話，我日文不夠好聽不懂就算了，偏偏要講到我聽懂為止。」

兩人不再遮遮掩掩，大聊這十多年走過的低谷，我曾經因為失業想不開，她坦言不久之前的產後憂鬱更加無助。我們有各自的苦，稀釋不了的就反芻成人生體悟，用釋然作結尾。

能有幾個隨時在線的老朋友相陪，還是很幸福的事。即便好幾年見不著一面也不陌生，背後有座穩固的山，我即便獨自面對人生的驚濤駭浪，仍然毫不畏懼。寫這篇文章時，想起每次被老師叫起來回答問題，K總是第一個打暗號，把費心解出的答案紙，二話不說推到面前，那種有人挺的囂張笑容，我始終惦記。

還留著的老朋友是寶，有一顆不需要質疑的真心。我的道義是不讓人擔心也不添麻煩，可以的話，就帶些好消息當伴手禮。活到快四十歲終於長進，能理解當初遇到困難時旁人為何見死不救，學會不討憐憫。能相互體諒的友情是易碎品，比自尊還要珍貴，我想把這些人一個個擺回看得到的位置，開出的花，結成的果，願意全部供養。

我不想等了

中秋節前夕，和某集團的董事長N約在咖啡廳見面，他的事業勢頭正旺，計畫收購一家新聞媒體，先請共同朋友打過照面，想藉助我的經驗與觀察，幫忙理出一點頭緒。懶得推敲套路，便直問：「有相關經驗的人應該不難找，怎麼會想特別找我聊？」他才鬆口若是順利收購，下一步想聘請我當新事業的執行長。

聊了一個多小時，對經營理念其實有很多共識，內心多少被撩動，最後留了伏筆：「這不在我的近期規劃之內，我得思考一下。」

事情就這樣擱置了幾個月，偶爾會想到自己站在百葉窗後那老謀深算的表情，要成就少年得志的畫面，就得扔掉我這幾年斜槓的累積。在事業高峰洗盡鉛華，嫁進大戶人家的情操，這太難了。

第二次，是檯面上的薪資面談順利異常，連組織架構跟新辦公室的空間運用都討論到了，等待聘用通知的時間。我向幾位前輩討教實戰技巧，推掉好幾個商品合作，將第三本新書的出版計畫往後延，農曆新年我一改往常的貪婪，和家人透露重返職場的消息。

過完年那幾天我不打擾，但無消無息確實有點詭異。二月底發訊息向N打個招呼，結果不讀不回，一天兩天我等，一週兩週我再等，挨到三月底聯繫特助，得到的回覆是併購合約還沒談妥，要等公司高層下指示。但我等不了了，若再推掉別人的案子，過幾個月可會餓死。

我跟朋友說：「這感覺好像遇到渣男，口口聲聲說愛我，但一直拖著我大好青春，始終不給承諾，主動問要不要娶我，卻換來沉默。」枉費身經百戰，居然沒看透套路。一個人生活的心境如止水，獨自吟詠著柳宗元的《江雪》，卻因江面躍起的肥魚而晃蕩，失足翻覆的懊惱心情揮之不去。

這樁婚事告吹，心臟差點跳不動。整個四月關在家裡活像棄婦，鹹水雞、滷味、火鍋往死裡吃，一個人喝掉一鍋熱紅酒，烏魚子整片拿起來啃，把前面沒過到的節日通通補完。我多希望能出現在N的夢中，穿著紅衣服問：「為什麼不回我訊息？你為什麼不要我？我哪裡不好？你是不是有了別人？」

那封訊息至今沒被讀取，但我早就不等了。

早就忙到忘記要為這件事哀怨，有時想到難免不服氣，便點開N的照片，把負心漢的面相跟特徵看清楚。在成為一門藝術之前，「等待」得要經過千百次的練習，我討厭被某一個訊息欄制約的感覺，無意識的察看手機，成天神經兮兮，那個沒辦法專注生活的自己。

面對外在的引誘，得先做到不期不待，眼前好處再怎麼渴望得到，都別委屈求全。

苦心經營的氣質、能力跟顏值千萬別掉價，特別是感情對象，最好有些姿態，夠高貴、夠精緻，招來的便是蜂、便是蝶，讓自己攪和在一灘臭泥，在身邊繞的永遠是等著扒糞的蒼蠅。

公布結果的等待時間，我還是我，持續讓自己的狀態完好，聞風不動才是我渴望的境地。若遇到對象失約，記得別哭也別鬧，不須自責也不必頹喪，不過是沒得到，但也沒什麼失去。記住，是他們攀不起，千萬別留給別人拋棄的餘地。

像殺手吹掉槍口的煙硝

因為學校的地緣關係，我住過臺北的天母幾年，目睹過它日正當中的氣焰，也見識過光芒自塔頂一層一層跌落，只剩樹影擺盪的美。

曾在這塊地方一年之內搬了三次家，連著兩個房東都在無預警的情況下拋售房子，同樣是三十天前告知，寧願賠償租金也不會改變決定，那種心懷歉意卻莫可奈何的表情，多年後在對象承認出軌時又溫習了一遍。

沒有人在意我將何去何從，但也無法傷心太久。沒等到阿桑的〈葉子〉唱完，便拿著機車鑰匙匆忙出門，在附近巷弄進行地毯式搜索，時速二十的摩托車繞啊繞，目光點著經過的每一根電線桿，深怕錯過任何寫著「租」的小紙片，市場附近的路口通常找得到布告欄，紅的黃的。電話一格一格地打，房子一間一間地看，十幾年前的租屋網站不能夠期待，夜裡擔心沒地方住的心情壓不過，點開網址不斷按重新整理。

凌晨兩點多，一間剛上線的房源，車程不到三分鐘的距離簡直完美。房東應該還沒睡，我發了一條誠懇的短訊說想要看房，果不其然很快地收到回覆。隔天，一名抱著博美狗的輕熟女子來應門，她是L，穿著一件細肩帶上衣跟緊身牛仔褲，胸口的大面積疤痕清楚可見。

這個家擺著許多老照片，米白色的雙人沙發，淺色橡木地板、暖黃的燈光跟鄉村風格的擺設，四房一廳一廚一衛的格局頗寬敞。L是英文家教，靠馬路的兩個房間是辦公室跟教室。要出租的是五坪大小的衣帽間，一盞紙雕立燈孤零零地站著，一張單人躺椅靠著窗，我完全想像得到她斜臥在那，托起馬丁尼杯一飲而盡，咬下黑橄欖的瞬間。

第一次看房子不是匆匆來去，她進廚房倒了柳橙汁，我捧著玻璃杯留下來聽故事。L對私事侃侃而談，有過一次失敗的婚姻，被禁錮在扭曲的愛情，越是想逃，對方就掐得更緊。醫科高材生加上富家女的背景，讓她面對豪門仍保有傲骨不願屈服，一次爭吵失控險遭毀容，昏迷好幾天終於甦醒。往後進出醫院好多次，就為了褪去身上的疤痕，那些痛是重獲自由的代價。

「你呢？」見我驚訝到說不出話來，L反問。

「我準備重考研究所，平日在雜誌社當助理編輯，算是半工半讀。」

三言兩語道盡全貌，我的生活顯得平淡無奇，原本就是不婚主義者，坦白說聽完這一大段，更變得有些恐婚。當時不過二十三、四歲，從沒想過愛錯了人得付出如此大的代價，不是哭哭啼啼就能脫身。

後來順利成為室友，有幸在她史詩般的人生裡客串一角，相差十多歲很難有交集，能聊的都是偏無聊的正經事。我常關在房間裡看書，就連晚餐都躲著吃。

任誰都會依戀青春跟面容完好的曾經，L的感受想必特別強烈。她說念醫學系的女生很吃香，多少男生前來獻殷勤偏不想理，卻在關乎幸福的重要一役遇上恐怖情人，她心疼當年的傻女，更氣前夫，但不做無謂的懊悔來為難自己。我向來對人的情緒有著通靈等級的敏銳，卻鮮少在L臉上讀到哀怨。疤痕沒成為封印，總叨念著下回治療結束要飛去渡假，山裡、海裡和誰的浪漫胸懷裡。

相處久了，顧忌總顯得多餘。

二〇〇七年的聖誕夜，L帶著幾分醉意回家，身穿露背洋裝跟高跟鞋，從鞋跟粗細和裙長可以判斷剛結束一夜狂歡。酒氣將她的臉蛋染成葡萄紅，進屋之後舞步還沒打算停，酒會上一名商界大佬主動牽起她的手，兩人縱情共舞，散場時還貼心地吩咐司機送回家。好像沒有然後，也不需要有然後。說起這事的時候，L笑得燦爛如昔，正如那張在巴黎甩動絲巾的照片，風光早已傾倒。

自尊心強的人禁不起摔，是我對感情失敗的粗淺認知，見她活得心安理得，縱使失了準頭，還是要吹掉槍口的煙硝，轉身用殺手的瀟灑作結。

一個人睡，好過兩個人互搶棉被

有人說過，測試一段關係的方法，便是兩個人一起去旅行，最好到人生地不熟的地方，可以看出一個人的本性，連續幾天形影不離，好的、壞的統統現形。但飛出國試煉感情的成本太高，在我看來，一起睡個幾晚就能察覺端倪。最理想的伴侶往往不是最愛，而是最能溝通，遇到紛爭能夠相讓，不過有些情況是生理本能，是磨合不來的生活習慣，就像睡癖。

找一起生活的伴，亦是床伴，若遇到打算穩定的對象，我自有一套試睡理論。溫存不夠，還會留對方過夜，畢竟愛到難分難捨，怎捨得離開彼此視線。進入不惑之年，滾床單的劇情像是高普林食物，適量或偶爾為之。寒流來時裹著厚棉被，兩隻合體的草履蟲向暖氣風口微微蠕動，清淡的浪漫是養身之道，足以延長愛一個人的壽命。

我淺眠，在黑暗中對聲音特別敏感。打呼磨牙的人是天敵，逆來順受非本性，會想辦法讓對方停止，愛情剛萌芽的時候輕輕搖肩，請枕邊人試著側睡。等到感情穩固一點，直接用推的，不小心吵醒最好，抓緊片刻寧靜搶先入睡。有時回想起來，睡在身旁的人像是軍火庫的哨兵，那猖狂的起床氣，時常炸到對方遍體鱗傷，還得不到撫慰。

意識到任性妄為嚇跑了不少對象，事後想想這些人夠好了，還能忍耐一段時日，雖然美中不足，但也算達到高標，我改以退為進。某一任對象C的睡癖特別難纏，他怕熱，我怕冷，房間均溫得控制在十八度左右，和便利商店的冷藏櫃一樣。習慣緊緊摟著，就像約翰 藍儂（John Lennon）裸身與小野洋子（Yoko Ono）相擁，表情幸福得像嬰兒，而我卻一臉木然，像被壓壞的握便當。

隔天起床抱怨我搶棉被，一整晚不停翻來翻去，偶爾還會打呼，我很無奈地回：「誰叫你把冷氣開那麼冷。」往後只要C來過夜，當天晚上肯定得上演逃脫術，趁對方睡熟，躡手躡腳地抱著枕頭跟棉被，挪到沙發睡。某個早上，在客廳桌上看到一張紙條：「不忍心吵醒你，抱歉，每次我來你都沒辦法好好睡，我先回家囉。」那句沒關係一直說不出口，確實每次得等到C離開，才是我爬回自己床上，好好睡一覺的時候。

這段感情後來淡了，說不上來是哪裡合不來，但總覺得少了一點什麼。同睡是一道檻，偏偏我這階又特別高，安慰自己一個人睡，好過兩個人互搶棉被。平時工作忙碌，能夠安安穩穩睡上一覺，比什麼都重要。

我把床伴難尋的困擾和好友E分享，沒得到認同，反而被上了一課。她說：「結婚第二年我和老公協議分房睡，他的鼾聲大到像馬路施工，我每天精神衰弱，更別說有沒有性生活，光看到他流口水，熟睡的表情與世無爭，就想甩兩巴掌過去，再這樣下去我會想離婚。」婚前他們曾一起長途旅行，沒試過長期同居，不曉得

最理想的伴侶往往不是最愛，而是最能溝通。
不過有些情況是生理本能，是磨合不來的生活習慣，
就像睡癖。

原來對另一半的包容會有底線，加上白天的工作壓力，對失眠的耐受度更差。

問起分房睡後的感情狀況，E很淡然地說，夫妻到最後難免成為室友，長久關係不是靠有多愛在撐，而是兩個人如何溝通與經營。即便是伴侶也要互留空間，住在一起並非所有事都得要共享。偶有火花，彼此會有默契，今天感情的燃點夠高，可以多溫存一點時間，結束之後回到各自的空間，像婚前還在談戀愛那樣，未嘗沒有不好。

我和E說：「我想通了！伴還是要找，最理想的方式是住在一起，但不同床。不過誰會接受以分房睡為前提的交往，聽起來好荒謬。」

她回我：「談感情又不是玩遊戲，誰會一開始把規則講得清清楚楚，也太煞風景了吧。」

我床上有四個枕頭、三條棉被，還有一隻軟綿綿的布偶大象，一覺醒來它們全在地上，我的身體扭成一個卍字依然相安無事，確實沒辦法再多塞一個人了。

信仰讓我更強大

和菩薩結緣是在二〇一六年底，當時又被推到人生的十字路口，不曉得該轉彎，還是直行。在新店深山的一間佛堂，遇見現在的老師。人剛坐下還沒開口，他便說：「你是修道者的命。」我聽了忍不住語帶嘲諷地回：「每個算命的看到我都說要修行，老師你可以講點別的，這我聽多了。」我的輕佻，他沒生氣。

「你有信仰嗎？」

「我什麼都信，能保佑我的，我都拜。」

「什麼都信，表示你什麼都不信。」

老師的一句話，拆穿我對神佛的敬畏，不過表面而已，骨子裡確實是無神論者。

我向來主張天助自助，與其拿著香四處求神，不如靠自己努力改變現況。然而，對於修行一說更是荒謬，三十出頭的年輕人哪可能拋下紅塵俗事，穿著袈裟，吃齋念佛，甚至落髮燙戒疤。若真是命，不如活到六十歲，到時再追求五蘊皆空的境界，順應天意。

「修道者莫過於修身、修心、修性，你說的那些是形式。」老師的口氣循循善誘，但我其實沒有聽懂。

試著琢磨這句話的原意，老師接著指示我找一尊最投緣的菩薩，讓祂帶領我理解何謂修行。我一眼相中觀世音菩薩，他說：「從今天起，你就是觀世音菩薩的弟子，祂是你的老大，往後不管到哪都會罩你。前提是，要全心全意地相信祂。」

離開前，問我有沒有興趣留下來打坐，先以旁聽心態參與也無妨。當時剛卸下總編輯職務，和前公司陷入勞資糾紛，身心狀況像被亂槍掃射，能讓自己平靜的方法說什麼也要試試。於是每星期搭車上山，只為持咒靜坐，結束再請同修（學）

載下山，持續至今，整整五年。

修行的事，沒主動向旁人提起過，都是被察覺到了，才會解釋每星期的固定行程，大老遠跑到山上究竟都在做什麼，偶爾分享一些好懂、好消化的佛教教義。人們最常問起動機，好奇我為何會選擇相信老師說的話，持之以恆地修行。

坦白說，起初也是半信半疑，當我閉上眼睛專注念佛，沒了憎恨也放棄報復。

第一天上山參拜問事，原本打算要到勞工局舉報，讓前老闆被重罰，恨不得鬧大一點，卻因一句：「你讓他不好過，你自己心裡也不會好受。」當我選擇相信，也做到原諒，好像完了一件善事般的快樂，體會到何謂「釋然」。

五年來，跟著老師和同學們走遍佛教的四大名山，浙江普陀山、山西五臺山、四川峨眉山，以及安徽的九華山。一行人無畏寒暑翻山越嶺，哪怕山頭飄著白雪，沿路盡是溼滑的百階石梯，和消磨意志的冷空氣。每攻下一座聖山，每走進一間

修行是訓練自己，透過不斷練習，讓有感變成無感，
一點一滴減輕俗世加諸在身上的種種不適。

古寺，去到菩薩面前，我心裡的第一句話總是：「我終於來了。」這一聲來了，是精神上的，從原本的層次走出來，往佛家淨地再靠近一點。

很多人認為，修行是無止境的忍耐，我倒覺得不完全是。比較像是蓄意的訓練自己，透過不斷練習，讓有感變成無感，一點一滴減輕俗世加諸於身的種種不適。和憤怒的司機好聲好氣地說之以理，關燈睡在全黑的房間，寂寞的時候不亂發簡訊；當揮舞的拳頭朝著臉逼近時，我會試著閃開，而不是以更強的力道反擊。

這些想法和做法並不是刻意要打磨個性，將人修飾成平滑冷硬的石頭。所以當我抽離舒適圈時，從不覺得疼。修行是為了悟得道理，卸掉從入世以來，所沾染的塵埃，讓靈魂回歸透明，而透明無雜質的狀態就是佛家說的「無我境界」。

人們習慣把受苦受難形容成修煉，修是學習，煉是高溫灼燒的感覺，最後產出珍貴物質。但以回歸塵土的思維來看，其實不需結果，只要順著時間不停地走，世間事皆為修行。

信仰為我指明了目的地，雖然還有段距離，但我正努力趕路中。它之所以讓我強大，是當明白因果，不再執著。那些給過恩惠，給過疼痛，給過恐懼，任何讓人變得勇敢的，皆視為助我修行的活菩薩，時常懷持感恩之心。

我自彼方接來一盞光火，樂於將感動分享，也不吝於把佛學嚼成好入口的人生體悟，在精神上找到伴相知相守，再陡的路也能攀得上去。但願有那麼一天，能往高臺一站，舉起獎座大喊：「謝謝觀世音菩薩，沒有祢就沒有我。」

輯二

獨自生活
全憑本事

生活是獨挑大梁的歌舞秀，

這齣獨角戲的結局一定要很幸福。

早餐店阿姨

曾在上海的老公房一小段時日，那段記憶伴隨著白煙，暖呼呼地。剛到異鄉的我，拉著三十二吋的行李箱晃晃蕩蕩，循著一行地址闖進新生活。十月微涼，星期天下午的街上特別悠哉，樹葉轉黃，街邊的梧桐樹結了果，沙沙作響。這條未來要天天走的小路，被住戶的曬衣桿護著，陌生人的衣物和被單飄啊飄，成了新家的寶蓋頭。

有電梯的華廈固然方便，但我更喜歡住在舊街區的樓房踩著樓梯，歪斜破舊是落地生長的痕跡。住戶彼此熟悉，一起使勁爬、使勁生活的情感這裡才有，我光是站在一樓就引來問候，徒手搬行李箱上五樓，收到的關注也是挨家挨戶的。

巷口有間包子店，靠著它的紅色招牌可以認出回家的路。早上七八點的店門口擠滿客人，想瞧瞧蒸籠裡是甜是鹹，熱氣直往臉上撲，老麵的香味搔得我肚皮很癢。擔心路不熟上班會遲到，最後沒買成，隔天決定早點出門，顧不得前面有多少人，壓著丹田喊：

「肉的有嗎？」

「有。」

「芝麻的有嗎？」

「有，都有。小夥子你要幾個？」

「那我要各一個。」

找錢沒抓好，銅板掉得滿地都是。人潮像摩西分海，阿姨和我一起蹲在地上撿錢，或許是那聲謝謝被聽出怯懦，「剛搬到這兒來啊？」一聲問候給足我落腳於此的重力。有一回假日睡太晚，下樓發現她準備收攤，阿姨掀開棉布指著賣剩的包子嫌冷了不好吃，但我硬是要買，結帳時塞了兩個白饅頭說：「給你帶回去。」有了一起撿錢的革命情感，又被突如其來的好意給收服，私自默許這段友誼。

平日辦公室的溫情還夠，談不上寂寞，若遇上假日就開始慌張。剛搬到新城市還在保鮮期，樣樣都新奇，我沒事就搭著地鐵到處看，天氣變冷，就只能在家嗑影集。還沒有社交的心思，整個週末能說上話的人沒幾個，眼看路旁的枯葉越堆越高，我撐不到霜雪來臨，便搬到他處醞釀著離開。

某一晚，在地鐵出口手機被扒，焦急到不知該如何是好，原地轉了幾圈，強烈的無力感襲來，一個人癱坐路旁，想不到能依靠誰，這種苦難以吞嚥，我決定不忍了。不久後搬回臺北，頭一晚睡得特別熟，醒來第一件事便是想吃頓臺式早餐。

「帥哥怎麼那麼久沒看到你？」

「去上海工作一陣子，現在又回來了。」

「你喜歡上海嗎？年初我剛回去呢。」

「喜歡啊。」

「今天還是一樣吃九層塔蛋餅加土雞肉嗎？」

「對，不加醬油膏要加番茄醬。」

「豆漿紅茶對吧？」

「對！」

對早餐店的帥哥口號早就免疫，一位文化圈的前輩說過：「若是在一個城市裡，沒有幾個認得出你的店家老闆，記住你愛吃什麼菜，口味喜歡濃或淡，就不算真正生活過。」沒想到她還真不是客套，想起同事說上海是類母系社會，女性特別幹練，我在職場上見識到上海女人為爭取權益，所展露強勢的那一面；也感受過她們護著弱小的母性與慈愛。

那陣子每看到臺北阿姨，就會想起上海阿姨。好幾次在等早餐的時候出了神，惦記著離開得太匆忙，忘記說再見。後來我又搬過好幾個地方，加上外送服務很方便，很常好幾天沒出門，下樓買早餐的次數寥寥可數。有時候覺得被生活困住，又得不停地奔跑向前，追一個叫「未來」的傢伙。

累了倦了，走出家門向早餐店阿姨討點能量提提神，享受有個人認得我，知道要關心我，那聲早安成為私藏的快樂。十年後，出差上海，趁著晚餐結束沒行程，沿舊路回到當時住的地方，明知遇不上阿姨，就想著再看看那間店也好。那條街上的店家換了不少，找不到紅色招牌，走進對面剛開幕的按摩店準備按腳，門口的LED燈是今晚唯一的亮光。

「先生，你怎麼會找到我們的店？」

「我之前就住在對面五樓，很久了，是二〇一〇年冬天的時候。」

滾燙不灼身的早市

我這人的好奇心太過強烈，一個沒注意就分神，容易被新鮮事物吸引，偏偏我的餘光範圍特別廣，有時想想也是礙事。小時候曾經走失，長大之後老是脫隊，走的路總比別人曲折。

親戚們都笑稱我像一塊沾在屁股上的口香糖，每當周圍的人影騷動，我一定會放下手邊的玩具緊張地問：「你要去哪？我也要去。」自動站上機車的腳踏墊等著出發。不完全是沒安全感，總覺得大人要去的地方，一定比小孩的遊戲房來得有趣許多。就好比菜市場，在不知道遊樂園為何物的年紀，那一定是成人限定的冒險，當然要黏得牢牢地。

母親慣去的早市是一棟灰色的兩層樓建築，周圍攤販像護城河，要進到這座戒備森嚴的城堡得靠大人帶。我拎菜籃，她抓皮包，兩人手拉手往前衝，順著騎樓外推的帆布棚，越過幾把彩色大陽傘，遇到拉菜車的婆婆媽媽要喊借過，深吸一口氣，若有蝦米跟香菇的味道，那就是到了。

市場入口很多，常走的是賣南北貨那個，生鮮蔬果在一樓應有盡有，攤位通常是固定的，有幾格留給流動攤商。白色瓷磚砌成一座高臺，除了麥克筆字跡的紙板跟老闆的叫賣花招，有時候是成堆的衣服花花綠綠，有時候是鍋碗瓢盆，不管怎麼換，即興表演總稱得上精采。

那天，看見這裡排滿青色塑膠籃，動線變成一個回字，籃子裡裝著我最愛的故事書，我掂起腳尖一本一本地翻，眼巴巴看著別人結帳，正當回頭想央求母親也讓我買書，發現她不見了。我個頭小，沒法有方向感，逢人就問：「有沒有看到我媽媽。」胡亂地繞，就是不見熟悉的背影。

賣菜老闆發現我疑似走失，趕緊拉到身旁，另一旁雜貨攤的阿姨要肉販幫忙看著，自願帶我到二樓辦公室，請市場委員幫忙廣播。幾個滿身煙味的大叔放下撲克牌，把我抱到椅子上，塞幾片餅乾在手心說：「乖乖坐著別怕，媽媽很快就來了。」過沒多久，一個提著大包小包的人影站在門口喊著：「唉喲，你跑去哪裡了。」連忙向眾人道謝，拽著我回家。

再大一點，我卸下黏人精的角色上學去，不要人牽，一個人慢慢走遠，偶爾迷惘，偶爾嚮往，一心出發去陌生的遠方。

住過很多地方，練就還算不錯的適應力，或許是那天眾人幫忙尋親的溫暖，讓我對早市偏心。幾年之間，從幾場狂風暴雨倖存下來，證明我夠勇敢。不過，外在越是堅強，心裡越是飄搖，那種無論如何總有人會對我好的心意，似乎不容易再找到。

帶著一身傷，從熱愛的工作崗位退下，不用上班的前幾天說服自己當作休息。日子一久，難免慌張，情緒變得特別敏感，在意別人如何評斷功過，會不會幫我貼上失敗者的標籤。有段時間很少出門，擔心遇到工作上認識的人，走在街上眼神飄移、四處張望，心裡不斷排練狀況劇，若真遇到，該怎麼解釋自己現在是什麼模樣。

便利商店跟菜市場是唯二的去處，領錢繳費偶爾買包香菸，練習看完戶頭餘額可以不頹喪。快收攤的時候走進市場，買些食材做幾道家常菜，這時間人少，當然也貪圖半買半相送的好意，十一點之後的攤商無心做生意，距離近到像自己人。

我喊賣菜的一聲阿嬤，她是一本問不倒的料理書，抓起一大把沒看過的青菜問該怎麼煮。她皺著眉用管教口氣：「阿嬤跟你說，你一個人住不要買那麼多，這種菜不能放太久。」

她認得我的臉，卻不知道我從哪來，滾燙不灼身，距離剛好。

日子啊，是部獨挑大梁的歌舞片

在城裡住久，其實挺窒息的。

生活不過是生存跟競爭的最大公約數，盡可能讓自己正常，而正常的標準基於和別人一樣。這世界夠遼闊，人的心卻容不下半點錯。即便懂得如何生活、遵循規則，但我仍然不適應有正確答案的存在。情緒反應不需要邏輯，不妨礙到別人就行，用說的可以灑脫，實際做起來還是綁手綁腳。

臺南老家是四層樓的透天厝，我喜歡在洗澡時放聲高歌，水蒸氣是乾冰，蓮蓬頭是麥克風，有時唱流行歌，揣摩偶像的唱腔，有時突發奇想，用眼前的人事時地物即興創作，三不五時來一場浴室秀。

有一回二阿姨到家裡作客，笑著問我說：「你那麼愛唱歌，是想參加比賽當明星嗎？」才知道歌聲傳到了一樓。

某天我在房間開著電視機跳舞，可能是音樂太大聲，父親突然開門，我的舞姿瞬間停格。兩人對視了幾秒，感覺很像做錯事，趕緊關掉音樂，畏怯地縮回書桌。睡前，他輕敲幾下房門，走了進來：「如果對表演有興趣，爸爸送你去學好不好？」他的溫柔慈祥讓氣氛更加尷尬，我轉成背對，用寫作業的理由不作回應。

歌舞為何得是表演，不過開心而已。

我迷戀歌舞片，從好萊塢看到寶萊塢，總是被歡樂的氛圍深深吸引，劇情明快的敘事節奏，多半是喜劇結尾。第一部愛上的歌舞片是《真善美》（The Sound of Music），當時念小學的我，恨不得能走入電視機和那七個孩子圍繞著噴水池，唱出對美好生活的渴望。

走個幾步就哼起歌來，遇到值得慶祝的事，便在大街上舞得奔放。傷心時，躲在房間低聲吟唱，用歌聲代替哭聲，情緒一旦碰上音樂跟舞蹈，就有浪漫的可能。像我這樣的人，放在現實生活，多少有些出格。在學校，我每年參加話劇跟合唱團的演出，讓怪誕不經的行為有出口，偶爾趁著沒人看見，獨自來一場歌舞秀，就算幾秒鐘也好。

搬出來住是鬆綁，面對室友我自在許多，三不五時隨心情哼唱，興致一來加碼詭異的（他們說的）舞蹈。接到大案子要跳，宣布放颱風假更要跳，任何值得慶祝的事都有不同規格的歌舞，道具跟服裝的華麗度也會隨之升級。

然而，靈感總是信手捻來。假日午後我在房間大放〈My Heart Will Go On〉，床上兩顆枕頭並排作為浮木的象徵，我裹著棉被翻身而上，詮釋《鐵達尼號》沉船時女主角蘿絲（Rose）氣若游絲的狀態，一齣大戲上演只因空調太強，我被冷醒。

室友走進來想請我小聲一點，我回他說：「好，但你可以演傑克（Jack），對著我說好好活下去嗎？」

起初大夥兒以看戲的心態，偶爾亂接個幾句，久了已經麻木，總是一臉漠然對著我說：「今天上班很累，求求你別再折磨我了，去找別人陪你玩。」我始終不理解為何唱歌只能在KTV包廂，跳舞必須去夜店，等到老一點可能要移駕廣場。有時在房間辦派對，只有我一人參加，把燈關暗，戴著耳機獨享整整一小時的芭樂情歌。

獨挑大梁的歌舞秀通常在星期天下午演出，這天是固定的家事日，過程當然不光掃地、拖地跟擦桌面那麼簡單，吸塵器、拖把、抹布成為舞伴，邊唱邊跳邊打掃，收拾工作桌似乎沒那麼惱人，連摺衣服都特別有勁。特定幾首歌留給浴室，副歌歌詞改成告別黃垢，差不多兩首歌的時間，磁磚就可以反光。

最後一幕的場景要回到臥室，換完床單跟被套，從陽臺拿回曬好的枕頭，整個人蹭著陽光餘溫，來回滾動，開心踢腳，這齣獨角戲的結局一定要很幸福。

play list

✦ 高能量的家事歌單 ✦

〈Don't Stop〉Foster The People

〈快樂天使〉江美琪

〈New Boy〉朴樹

〈快樂夏日婚禮〉早安少女組

〈Butterfly〉李雨寰

〈Happy Tune〉李心潔

〈Sunny Day〉李玟

〈我們快樂地向前走〉何欣穗

〈閃著淚光的決定〉吳佩慈

〈全世界我最喜歡你（可是你都不知道）〉來吧！焙焙！

〈冒險氣球〉徐懷鈺

〈一想到你啊〉張惠妹

〈我們可以在一起〉新褲子

〈You Gotta Know〉蔡依林

〈踩著你的臉〉藍心湄

〈鴨子〉蘇慧倫

鄉愁是流動的

剛到臺北那年，沒什麼朋友，緊緊巴著老同學不放，膽量小，不敢跟不認識的人住，和高中死黨合租一間雅房，但我們同校不同系，能遇到的時間不多。後來他順利脫單，常住在女朋友家，兩人的交集就剩他回家換衣服，而我剛好沒課的那一、兩個小時。

不曉得是怎麼了，自從搬來臺北就很常失眠。我們住在華廈頂樓，亦是那區住宅的制高點，背對著陽明山，八樓高的視野還算遼闊，城市裡很難看見星星，而我卻能夠收藏一片星空跟燈火，被光芒簇擁的安定感，是那段時日沒跟別人提過的寶藏。

另外兩位室友是上班族，早已脫離學生的作息，總不可能敲他們的房門喊無聊，只好在深夜上聊天室跟陌生人搭聊，瞎取暱稱，年紀設定成社會人士，卻說著學齡階段的煩惱。一到假日更慌，慌到受不了，我便搭捷運出發淡水，每一站都下車，為了省錢不出站，在等車的月臺走走看看，聽著音樂、假裝等人、再看看時間，神情佯裝漠不在乎，只有惆悵的心情是真的。

平時騎車上課，偶爾時間寬裕便改搭公車，但就只是偶爾，純粹消磨時間，無人等候的家幾點回去都無妨。每天刻意走不同的路線回家，當時沒有智慧型手機，即便有地圖我也分不清東南西北，迷路正是一場冒險，讓生活多點起伏。

無意間走過芝玉路，不過幾百公尺的蜿蜒，過渡在陽明山跟山下的住宅區之間，單向小路帶我穿越到不同維度，風光靜止在五零年代的臺灣農村。臺北市區鮮少看到紅磚瓦牆的四合院建築，有也早成了古蹟，這幾棟老宅的存在格外醒目。老人在自家門口曬棉被跟菜乾，微風撩撥著稻穗和堆肥氣味，我刻意把車速放慢，確認不是心傷過頭出現幻覺。

某天晚上，室友說：「房東要把房子收回去給小孩住，我們只能住到下個月。」

同住的死黨很快地找到新住處，而我拖到最後一天才搬空。那陣子，改成散步回家，有時會蹲在路旁觀察山上引下來的溪水，很想知道它將往哪裡流去。

爺爺奶奶過世得早，我老懷念那段住在鄉下的日子，每當被爸媽責罵，受盡委屈的時候就想回去躲一躲。回憶過往是人心的防衛機制，特別在被現實狠狠傷過的時候，就想回到原生環境安心待著，哪怕想想都好。一雙腳走遍四方，但心裡真正的家卻很難再回去，被工作絆住，被情感牽累，說走就走不容易，一個人向著未來難免膽怯，想家又必須藏得不著痕跡。

在陌生裡撞見熟悉，是異鄉人獨享的浪漫，鄉愁是流動的，是散落的，是常駐心頭的，而非缺了一角的遺憾。想家的時候我會騎著單車往西區的大稻埕走，那是舊時臺北的心臟，跳動頻率像極了臺南，正中午坐在慈祐宮的廟口吃炒米粉跟豬

在陌生裡撞見熟悉，是異鄉人獨享的浪漫，
鄉愁是流動的，是散落的，是常駐心頭的。

腳湯，享受陽光的溫暖，遇見操著流利臺語的攤販總會忍不住多聊幾句。

再到永樂市場，點一碗杏仁露當作飯後甜點，這一帶的小吃很能解饞，好不容易吃到道地的碗粿，焦糖色的粉漿浮著香菇、瘦肉、蛋黃跟蝦仁，鹹甜醬汁加蒜泥是標準的臺南口味。果不其然老闆夫婦是同鄉，海派個性讓我念念不忘。年後再去卻撲了個空，發現攤子早已頂讓，於是向隔壁的魚羹老店打聽，熱情招呼我的阿姨說：「他們退休去遊山玩水了。」

在臺北前後住了快二十年，終究如魚得水，但總覺得取代不了故鄉臺南。直到飛遠，在另一個國度醒來，才知道它是我想念的地方，也是家。

做菜
不過是自作自受

父親退休後的生活，不外乎是幾畝近郊的菜田和果園，他的耕作物和人一樣務實，喜歡種菜、種樹、種水果。臺南炎熱，火龍果一年可以收成兩次，春天的雨水足，夏天的芒果就能豐收，若是不巧遇上乾旱，結果雖少，但氣味香甜濃郁。坦白說，我沒和他去過田裡，對於農作產期更無概念，這些全是從父親的電話裡聽來的，每隔一段時間他會說哪些蔬菜水果即將收成，要裝箱寄到臺北給我。

我不挑食，所以來者不拒。葉菜類不耐放，紙箱一打開，全是包得很仔細的水果跟瓜類，偶爾會有產地直送的虱目魚。從愛吃變成愛煮，小學迷上做菜節目跟在母親身旁偷師，等到大人不在家，便私自開火拿起鍋鏟，回想起來還真有點驚悚。

廚房是我兒時的遊樂場，記下電視上的配方跟比例，試著複製大廚的美味。

想做出布丁底層香甜的焦糖醬汁，將一包白糖以直火燒煮，焦糖是做成了，但連鍋帶鏟地黏在底座，變成一塊圓形的千年琥珀，一只要價不斐的琺瑯鍋就此報銷；第一次炸天婦羅特別小心，熱油傷人的常識我有，把蔬菜裹麵糊先丟到油裡，然後再開火加熱，成果豈止慘不忍睹。事後拿起大鋼刷，試著刷掉沾在鍋邊的麵糊，隔天，母親一掀開鍋蓋，發現炒鍋也毀了，立刻大叫我的名字，聲線崩潰。

把廚房變成地獄，這也難怪她的咆哮不輸戈登・拉姆齊（Gordon Ramsay）。不過，這裡沒成為我的禁區，而是食材的實驗室，廚藝再不變好，可真要辜負爸媽的開明。對食材屬性跟火候的掌握日漸熟練，十多歲的我總算可以煮全家人的三餐。離家生活近二十年，爸媽從不擔心我沒法自理生活，只怕我吃不夠。

廚房好比實驗室，料理的美味沒有公式，做菜的成就感不在於成功，且隨個人口味不同，更無完美可言。地獄料理就等翻身的時候，誤打誤撞也好，反覆調整也好，能夠在既定的菜色中做出變化，酸一點，辣一點，焦香味多一點，讓它更服貼自己的味蕾，而這些非常規的料理，若是能夠收服人心，就能成為眾人搶著夾到碗裡的拿手菜。

那天，收到一條父親寄來的絲瓜，想不到該怎麼料理它，過了一星期，無意間瞥到那條絲瓜還在桌上。我左思右想，清炒薑絲跟蝦米太過家常；和隔夜米飯一塊熬煮成粥的吃法，不久前才剛試過。突然想起，多年前曾在北方小館嚐過絲瓜入菜的海鮮豆腐煲，正好冰箱還有干貝跟魚片，我熱衷還原記憶中的美味，正好當作廚藝的抽考。爆香、翻炒、燜燒的步驟相當流暢，準備用地中海配色的雙耳小湯鍋盛裝。

掀開鍋蓋，發現絲瓜還沒熟，多燜五分鐘，再打開還是沒熟，我就再燜它個十分鐘，見它稍微軟爛一點，就趕緊起鍋。先夾一口干貝，口感雖然有點柴，但鮮美滋味還在，再吃一塊絲瓜，居然入口不化，這條絲瓜似乎特別老，連嚼都嚼不動，吐出來才發現它下鍋前已半熟成菜瓜布，扯都扯不斷。

試著像個男子漢承受失敗，但連夾好幾塊，就是沒勇氣下肚，吞下切丁的菜瓜布得要有超人的膽識，就算是整人節目也有限度，不需要跟自己過不去。最後我把絲瓜全挑掉，將剩下的料，心懷感恩地吃光，這就是料理人的精神，自作自受。

生活越折騰，越要好看

母親是我最早的繆思女神，所有美的事物的源頭，我想，其他孩子也是這樣認為的吧。隨著走入家庭，她將所有愛人的力氣傾瀉而出，換來滿面風霜。

早期家裡經營木材工廠，她和父親攜手創業，做不成坐在辦公室吹冷氣的老闆娘，戴著袖套的瘦扁身軀，口罩遮不到的地方積滿汗水、髮絲和木屑，搬著木料的她看起來特別辛苦。非得等到坐在梳妝檯前，扭開藍色的妮維雅乳霜才比較像自己。

偶爾她會去做臉，十分鐘不到的車程，有一間藏在服裝店裡的護膚沙龍。入門的左手邊是一整面時裝牆，右邊是擺放瓶瓶罐罐的玻璃櫥櫃，正中間的位置則掛著一張佳麗寶的廣告燈片，角落放著一張美容椅。穿著襯衫跟窄裙的是做臉阿姨，妝容豔麗，散發粉粉的白花香的是賣衣服阿姨，最愛我問誰比較漂亮。

「都很漂亮，但我媽媽最漂亮。」

這句話逗得女人們咯咯笑，我不喜歡被捏臉，便害羞地躲到墊肩外套後面，等著阿姨幫母親做臉，偷偷觀察要怎麼做一張新的臉。阿姨的姿勢像牙醫診療，手法像工匠雕刻，成果像武俠片的運功療傷。最後，母親起身照著紅鏡，輕拍溼潤水亮的臉，對鏡中的自己再滿意不過。

母親做臉是為了見人，逢年過節或壽宴喜宴，回鄉探親時總希望自己容光煥發。我老愛念她太在意別人眼光，特別是親朋好友的評價，傳統女人面對閒言閒語的態度特別堅韌，永遠沒忘記要體面，無論生活多慘澹、肩頭多沉重，走出家門，就得以最好的一面示人，包包裡總是放著一條口紅，隨時抿出一抹赤色的笑容。

剛上大學那年，家裡狀況不是很好，母親整個人蒼老不少。若回老家，我會載她去市區的百貨公司逛逛，她最常說：「我不愛買，但我很愛看。」在女裝樓層刻意放慢腳步，拿起一條素色的裙子比劃，嘟嚷著年紀大了，沒什麼機會去到穿漂亮衣服的場合，翻一翻價格標，再掛回原位。

她愛物惜物，特別是靠雙手掙得的所有，衣櫃深處有幾套訂製洋裝，乾洗完就用塑膠袋封得好好的。除了吃的用的，她很少特別買東西給我，那些漂亮衣裳我一件都留不了，我所擁有的，就是遺傳自她的嫩白膚色，不管世俗看自己是美是醜，總要維持得乾乾淨淨。人們說我「惜皮」（臺語：愛惜皮膚），不刺青也不穿環，受了傷不怕疼，卻擔心留著疤。

母親護著我的身體，如今我有能力照顧自己，那份說什麼也要善待它的責任感是這樣來的。

每當被工作折騰，為求生計卻被現實的人心剮到一無所有，自信一片片剝落，頭一件事便是打給八號師傅，帶著愛用的按摩精油，讓他把瘀在體內的氣結逐一推開。還能夠對自己好，就不算太慘。平時不太花大錢，穿的、披的、戴的、套上去的，畢竟早晚要卸下來，唯獨擦在臉上的，是扎扎實實滲進身體，我從不手軟，更不嫌煩。早晚固定化妝水、精華液跟面霜；兩天敷一次臉，三天一次去角質，週末做一次全身潤膚；夏天擦乳液，冬天用保養油，靠著善待自己來修復心靈。

少了家庭的甜蜜負累，人生未必苦澀，活到某個歲數，同齡的人相對辛苦，而你卻貌美如昔，體態依舊姣好。守得住歲月的風光，還可以明媚，無非是一件爽快之事。被交付的髮膚跟血肉，我顧得好好的，飄散淡淡清香，日子再難熬，若有人誇我好看，懂得欣賞便是一種富足。

用醜毛衣寫單身日記

喜歡我這樣的人，肯定是真愛。

在迷信真愛的年紀，我喜歡給對象出題作為試煉，自以為等到兩人的感情穩定之後，可以毫不遮掩地顯露生活上的真實面。例如，安然無事地放屁、挖鼻孔，洗澡時在旁邊上大號，一下班到家就跳上床，不斷挑戰對方的底限，自負地認為有多愛，就該有多少包容。

同住的經驗很多，不過，和另一個人同居是沒想過的事，直到某天我遇見E，才有了想一起生活的念頭，那份喜歡很完整，希望他是我每天睜開眼第一個看見的人，聊到眼皮撐不住時就相擁入睡。個性體貼，想法周全又細心，確實是我嚮往的那種井井有條的大人，初見面時壓在心裡，等到他想搬出家裡嘗試獨立生活，便不加思索地說：「不如來跟我住吧！」

太過赤裸，對親近的人來說或許是一種精神折磨，必須接受天使與惡魔同時存在。頭幾個星期當然熱絡，真愛檢定的考試鐘響，仗著對方愛得比較多，我在家原封不動保留了亂髮、鬍渣、滿是水漬的粗框眼鏡，老氣毛衣、彩色厚棉襪跟高中的運動服長褲，模樣何止放浪形骸，連朋友來訪也真實得理直氣壯，沒注意到同居人的表情變化。

某晚，關了燈後雙腳廝磨，正打得火熱時，突然聽到對方輕聲說：「可以把襪子脫掉嗎？」氣氛正好不容許被瑣事打亂，上半身的擁吻沒停下來，下半身忙成一團，右腳腳趾試著扯下左腳的棉襪，脫襪的動作太過笨拙，狼狽地跌落床底，激情氣氛轉為尷尬。最後蓋上一張早起牌，被哄著趕快睡。

「你睡覺都習慣穿襪子嗎？」

「對啊！腳冰冰的很難睡。」

「你好像很愛這件毛衣。」

「你不覺得超可愛嗎？」

「我們好像太快進入老夫老妻的狀態。」

「不好嗎？」

一到冬天，我對毛料便有異常的偏執，自以為是電影《BJ單身日記》（Bridget Jones's Diary）裡呆板到很可愛的馬克・達西（Mark Darcy），不過那也僅是我的自以為。朋友說和伴侶同居的公德心是保持性感，我試著搬出那套真愛理論想要反駁，可是事實擺在眼前，E在進入同居模式後的冷卻很明顯。我開始小心翼翼地處理他的每個反應，像極了在丈夫睡去後，才敢放心卸妝的日本女人。

每次E來過夜，我總會打扮得像日劇主角，一身無印良品的暖男風格，以表對這段關係的慎重，後來不敢說也稱不上同居，對外只是說 E 常來住。然而一段感情要淡，應該早就有預兆，就算變成對方喜歡的樣子，也不過是插管急救，早晚會走。送走一個不夠愛的人，關起房門，走完一次失戀的流程，溺水、獲救，接著一如往常的呼吸著。

偶爾憶起這段情史，難免陷入無謂的檢討跟自責，幾年前心態開始改變，期待發生臭味相投的浪漫。不是不夠好，而是他們不懂得我的好。能進得了家門的不會是過路人，無人作伴反而輕鬆得可以。卸下在外頭做給別人的好看，關起門來我自在就好。

於是我開始用醜毛衣寫日記，每年冬天送一件給自己，紀念又一年的獨立，哪怕斗大的卡通圖案顯得超齡，犯不著別人來管，我覺得可愛就行。毛衣也是睡衣，特愛粗針織的款式，有被緊緊摟著的厚實與溫度，毛球起得越多我越安心。

那年到馬德里出差，時差加上認床，睡得很不好。到飯店附近的平價服飾店挑了一件格菱紋毛衣，尺碼刻意大一號，穿著運動長褲跟厚綿襪，那晚睡得安穩，就像在自己家裡一樣。隔天，服務生送早餐到房門口，我胡亂抓起眼鏡上前應門，自若地一聲早安，壓根忘記要在意別人的眼光。

反正我就喜歡這樣，管別人愛或不愛。

LOVE

✦ 眞愛指數測量表 ✦

放屁不逃開

半夜出門幫忙買止痛藥

放心在你面前脆弱

不過問感情史

清喝醉的嘔吐物

不能走的時候揹你上樓

你身上的臭味是他的香味

忍不住盯著你傻笑

一個人在洗澡另一個在旁邊大號

相處時什麼都不做也不無聊

關於兩人未來的事總是讓給你決定

願意一起守護小被被

午夜場電影

掀開厚重的布幕，鑽進一個不開燈的大暗房，塑膠袋聲和咀嚼聲窸窸窣窣，明顯有人。我怕黑，卻又走在最後，腳步急促不來，只能搭著哥哥的肩，輕聲喊著：「走快一點。」再往前是年紀稍長的表哥跟表姐，一列按照年紀排序的火車行經山洞，不知道要帶我去哪，但我有緊緊跟好。

哥哥和我差不多高，好幾次快撞在一起，卻甩也甩不開，他的肩膀是車輪，我的手是輪軸，傳動速度隨著掐在肩頭上的手勁不斷加快。領頭的表姐個頭最高，一對塑料大耳環閃著光，我認著那盞忽明忽滅的燈火，找到在第一排的座位，屁股填入一個軟綿綿的坑裡。

我被告誡一旦坐上去就不能說話，無論頭仰多高，始終只能看到半截螢幕，黑暗中一顆小毛頭不停騷動。腳邊忽然發出金屬聲，我彎腰撿起一串鑰匙，用氣音跟鄰座的表姐說：「我撿到這個。」她在男女主角的感情戲裡無法抽身，比了一個「噓」的手勢，連看都沒看。另一邊的哥哥，還沒等到開口，已經狠狠瞪了一眼。

求助無門之下，決定攀上舞臺，站在螢幕下方對著全場觀眾大喊：「請問誰掉了鑰匙？」這下子終於有人理了。表姐一個箭步衝向前，一邊道歉一邊抱我下來，她的反應肯定不是擔心我站太高很危險。慌亂之中，人生第一場電影提前結束，幾個人來就得幾個人走，表姐強拉著哥哥們離席，一列噴著氣的列車駛出山洞，依稀聽見：「我們回家。」密室裡迴盪著：「吼唷。吼唷。」

在戲院裡不光是安分就好。到了國中，家裡的門禁逐漸放寬，段考後的下午是放風時段，通常我會先衝回家換便服，再轉搭公車和同學在市區會合，流連一個下午。那天，我和隔壁班要好的女同學，兩個人說好穿格子襯衫一起去看電影，搞不懂她當我是兄弟，還是一顆少男心作祟，能和女生單獨看電影，確實為一個胖男孩的青春期立了碑。

究竟看了什麼，想也想不起來。倒映著畫面的側臉，拿捏不好的肩膀距離，算不準頭靠頭的時機，我那猜也猜不透的少年十五十六時。散場後心情空白，硬湊出腦海中零散的劇情，走去公車站的這段路，我的影子拉得很長，頭髮被染成夕陽的顏色，莫名悵然。

看電影似乎不是件輕鬆的事，作為大人得留意的細節更多，還有許多不說破的潛規則得親身經歷過。

大學時，熱愛網路交友，聊了好幾晚終於鼓起勇氣約出來看電影，一見面便覺得苗頭不對，落差不亞於泡麵包裝的示意圖，但我必須不動聲色地走完行程。票都買了，只能硬著頭皮看完，拿出最稱頭的社交禮儀，將所有的注意力都投入劇情，從頭到尾保持一定的友善距離，就連道別都套了公式。回到家後，收到留言：「你本人比我想像中還正經。」其實如果可以，我願意回收先前所有的不正經。

若要體驗一次完美的觀影品質，最理想的伴是陌生人。比起刻意安排，我更愛隨興發生，興趣本該如此。搬到民生社區之後，我喜歡在晚餐後出門散步，偶然發現藏身大樓裡的民生戲院，自此成為祕密基地。社區型的戲院小而美，兩個影廳位置不多，偶爾會選些冷僻的影展片，一個人快意來去，需要顧忌的就只剩時間跟場次。

午夜場的電影特別詩意，算準預告片的時間壓線進場，窩在最角落的位置，荒謬、老套、無腦想笑就笑，遇到太煽情的劇情就盡情醜哭，燈亮之後第一個離開，整個行程不拖泥帶水，舒爽得可以。活到三十好幾，辨清只要有一絲遷就，就不算真享受。

是多數服從，或是因為荷爾蒙；究竟是一門消遣，還是一次的社交活動？我一個人走著走著，終於想透。

Happy Hour之必要

剛進雜誌社的第一年，時常分不清楚今天究竟星期幾，總是忙到深夜才被放回家。沒有靈魂地推開家門，只想趕快洗掉一身酸臭，躺平入睡。

該是放縱的週末夜，我對生命的熱情被榨到一滴不剩。進門看到Ｌ和她的朋友在客廳喝紅酒，可能喝多了特別熱情，拉著我一起加入，我面無表情搖搖頭，一語不發地飄進房間，隱約聽見幾位輕熟女敲杯談論往日情，喊著人生那麼苦，何不對自己好一點。

身心太過勞累，反而難睡。下班後還在想著工作的腦袋快要炸開，翻來覆去就是沒法停止哀怨，門外的聲響漸弱，接近凌晨走出房門，剩Ｌ一人窩在懶骨頭看一部愛來愛去的西洋電影，看到入迷，我躡手躡腳退回房裡，直到聽見笑出聲才確定她喝的不是悶酒。

這幾年，又回到如工蟻般的辛勤步調，多虧疫情強制我關機休息，許多排定的工作因此取消，可以沒日沒夜的放縱，好不過癮。十多天以來，我幾乎活在客廳，桌上大大小小的茶杯酒杯，吃剩的零食，追到一半的劇，忘記關的電視，醒不醒來都是迷茫。一整個月毫無產值，也找不到存在意義，攤在沙發像一塊會呼吸的五花肉。

原先的生活被無數條線糾纏得井然有序，我開始對沒有盡頭的假期產生排斥反應，竟有些焦慮。金牛男子喜歡活得有點拘謹，行事曆不能沒有代辦事項，天生的勞碌命實在寵不得，閒置太久會生病。拿出半年前早該執行的新書企劃，想辦法擠出進度，延宕多時的 Podcast 節目進入前置作業，做企劃、聯絡來賓、排定時程，試圖過得一如往常。

平時在九點起床，吃過早餐，開始乏味但充實的一天。管理工作進度，也管理自己的健康狀況，該吃的營養品不會少，控制飲食，少油少糖少吃澱粉。前幾週的暴飲暴食加上混亂作息，臉上冒出一堆大痘，放飛自我的行為必須回到合適的週末時段，讓它發揮該有的療效。

偶爾厭倦生活的千篇一律，但若少了週而復始的努力，反而會有原地停滯的無力。工作能給的再多，始終少了調劑的樂趣，放了一個長假，也該收心。從放縱過度的極樂天堂，返回人間的第一週適應得挺好，星期五晚上從冰箱拿出一瓶捨不得喝的 Riesling 白酒，配上一盤黃澄澄的海膽壽司作為慶祝，是我的「Happy Hour」。

追溯快樂的源頭，「Happy Hour」一詞源自美國海軍在每個雙數週末的抽菸會，當天不僅可以抽菸，現場還備有音樂、電影跟酒水，性質頗像同樂會。也有一說是某家紐約的酒吧店主，在經濟大蕭條的年代為了攬客，門口貼上一張告示寫著：

「每天下午五點到六點，飲料一律半價。」正是下班時間，拖著疲憊腳步的上班族還不想回家，被吸引到店裡喝一杯，冷門時段的生意因此大好，造成其他的酒吧爭相仿效。

兩種說法都有放鬆的意味，換成熟知的語彙，應該就叫「放風」。

生活有多自律，就必須給自己同等獎勵，能餵養匱乏心靈的，莫過於美食美酒。平日有意無意的擬菜單，抄下想吃的高級食材，空閒時間便上網爬文，搭配哪一款酒，選擇哪一部電影，餐後的甜點也不能失分，為了一頓放風餐做足功課，期待週末上菜。唯有苦澀，才能襯得出滋味的甘美。

星期天晚上的小酒館時光

每當聊起喝醉的糗態，我一定會先提醉倒夜店廁所，被朋友用原住民獵山豬的陣仗扛出去的往事；曼谷嘟嘟車噴吐事件也是一絕，吐到司機將我丟包；趕在末班車進站前，以喪屍之姿爬進池袋車站，整節車廂都是醉漢，倒的倒，趴的趴，我還有辦法坐正，是比較端莊的那個。但所有關於酒精的荒唐，僅止於三十歲前。

那年生日有感而發，看透夜場生活如幻覺般的人際交流，震耳欲聾的環境裡，連說上一句話都很費力。爛醉帶來的快樂總夾帶著痛苦，生活壓力沒辦法靠甩髮熱舞治癒，若連著兩天安排重口味的夜生活，心情反而緩不下來，到了上班日的前一晚，多的是難以收拾的憂鬱。

我貪圖的，不過是和好友相聚，想說什麼就說什麼的開心，醉到扶不上牆，還有人撐的感覺比什麼都好。

布拉格的最後一夜，想用散步來好好感受舊城區的美，在街上走著走著，天空忽然落下白點。腳下的雪印慢慢往廣場推進，那一刻浪漫到不可思議，我忍不住在原地轉了一圈，想接住幾片雪，如偶像劇的男主角一般，可惜夢幻維持不了太久，凍氣慢慢滲進毛孔，扎進手心。不遠處有間小酒館還開著，我想都沒想，便往可能溫暖的地方去。

推開木門，店內顧客連同老闆不過就四個人，這一帶的老房子受到巴洛克式建築風格的影響，昏暗的燈光與圓拱造形的天花板，幾個失意男子像被困在坑道，嘗試著相互取暖。失去訊號的手機僅剩存取資料的功能，從背包拿出剛剛買的明信片，倚著微光，寫下給朋友的短語。想起我們曾經對坐談心，雖然漸行漸遠，但仍不忘偶爾問候。

酒館角落，一位彈唱英文老歌的樂手，表情十分忘我。總覺得吉他給人孤獨感，簡單的和弦更是憂傷，當我聽出〈I Want To Hold Your Hand〉的副歌，才知道自彈自唱的心情是等候。體會過無數次離散，強迫自己篩選人際，談關係不要沉重，為的是能夠自由來去。對於親密朋友的依賴，到這幾年才慢慢放開，一個人做著得要人陪的事，心情難免浮躁不安，但就如同相遇和再見，都是不得不的過程。

真正折磨人的從來不是酒精或場合，而是頻繁的交流，慢慢耗掉待人的熱度。順利解決五天的工作量，週末聚會見了想見的人，以為是再完美不過的生活調配，但我依然感到疲倦。星期天晚上請留給自己，找家氣氛不錯的小酒館靜靜地喝一杯，這班乘客不多的夜車終點站是自由。

我獨鍾Speak Easy的氣氛，能單獨待上一整晚的酒吧，通常坪數不大，最好擁擠，最好凌亂，擺有許多店主收藏，不需要樣樣都是古董或名家之作，但一定得要讓人感受得到待客心意。臺北的酒館文化很成熟，可惜就少了一點人味。人氣不等

眞正折磨人的從來不是酒精或場合，而是頻繁的交流，慢慢耗掉待人的熱度。

於人味，酒水品質不錯，但店內設計跟氣氛卻流於網美風格，桌椅的擺設精準，細節也經再三考究，一切的一切美得很匠氣。

臺南有不少無酒單酒吧很對我的胃口，每次回老家，總會為它待到星期一才走，貪戀遊客散去後的自在。坐在熟悉的吧檯位置，調酒師問今天想選的基酒，想放水果或花草，酸一點或甜一點，酒感是否要加重。兩人的共識是盡興，他想做一杯我一定會愛上的調酒，作客的我，也樂於享受精心準備的驚喜。

一個人最在乎的是自在，偶爾踩點試試新開的店，用一杯酒的時間，看我留不留得住。

Bar

✦獨飲更快活的臺南酒吧✦

輯三

滋養生活的樣貌

哪也不想去的感覺很熟悉，我眷戀的是不被打擾，

賴在有陽光的地方，像隻冬天的家貓。

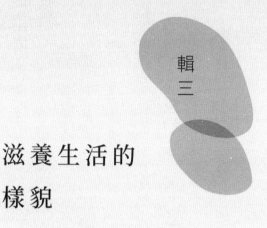

那個位置是我的

六歲那年，父親的木材事業漸有規模，在新開發的重劃區買下一棟四層樓的透天厝，一家四口不必再窩在工廠角落的木板隔間。而我討厭改變的個性大概是從那時開始，應該是全家唯一不想搬家的人，雖然即將擁有自己的房間，卻完全開心不起來。我喜歡一家子睡在大通鋪，每天跟哥哥輪流睡母親旁邊，擠一點沒什麼不好。

幾個月後住進新家，但我對那間屋子特別想念。緊鄰四線道的大馬路，新蓋的販厝（臺語：建商蓋好的成屋）自成一排，彷彿是工業時代跟農業社會的交界，門口正對工業區，後面是一望無盡的水田，春天抓魚，秋天撿穗，我依偎在稻稈的餘燼，等著被歲月孵熟。

當它變成法拍屋，被斷水斷電時，我已是十七歲少年。新屋主還沒搬進去的那一、兩個月，時常假藉有遺落的雜物，鑽鐵門的縫隙進去已不屬於我們的家，一個人在屋內走來走去，爬上爬下，試著多留一些痕跡，呆坐在一樓的酒紅色馬桶，不想面對將要離去的現實。

一樓劃成兩個世界，前頭是店面，砂石車揚起的風沙，讓作業簿總有拍不完的灰。後面被玻璃門隔開，走進去是廚房，採光最好的地方是角落的廁所，午後的陽光從窗戶斜曬進屋，我會把書藏在衣服裡，如果沒人敲門，非得坐到腳麻，背完一整課的單字或讀完故事的段落歇止才肯出來。

那裡真正的功能是書房，是我的小天地，如廁時間不過幾分鐘，書本翻開一待至少半小時。住在那個家的十一個年頭，我讀了超過百本的書，教科書、參考書、詩集、小說、偶像雜誌、色情漫畫……，曾想過長大後要把浴缸打掉，換成一整面書架，母親笑著說：「神經！廁所又臭又熱，只有你想在裡面待那麼久。」

「裝個吊扇不就解決了。」我的回答一派天真。

成年後，看的書反而少了，理由是沒有時間。後來換過幾份工作，輾轉搬到現在的住處，終於有餘裕切分出更清楚的生活場域。然而，這兩年也因為多了作者身分，時不時會有出版社主動餵書，書架也從一個增生成兩個，目前第三個正在來的路上。

我深信磁場之說，雖然並無有力的科學根據，不過，一間屋子要住得舒服，舒服到難分難捨，一定會有特別黏人的角落。客廳的布沙發一角是風水寶穴，工作不忙的時候，我喜歡斜靠在那裡看書。想看的書越堆越高，椅背還放了一盒彩色標籤紙跟鉛筆，讀到喜歡的句子就順手做記號。

冬天更待得住，旁邊放一杯溫熱的拿鐵，蓋著毛毯的我像尊面容慈祥的大佛，窗

客廳的布沙發一角是風水寶穴，也是充電槽。
精疲力盡時，躺一會兒，翻幾頁故事，聽聽別人說話，心裡會充實很多。

臺外是藍天白雲，對著大好風光，卻甘心窩在家修練吉祥臥[1]一整天。那塊地方也是充電槽，被科技產品吸乾精力的時候，躺一會兒，翻幾頁故事，聽聽別人說話，心裡會充實很多。

朋友來訪時，通常會圍著桌几聊天，沙發有兩個席位，其餘的就地而坐，每當有客人不小心坐到「那個位置」，眼神總會不自覺飄過去，不好意思地說上面有寫我的名字。心思敏銳的人往往會識相地問：「你要不要坐上來。」後來就學聰明，顧不得以客為尊，也不想管什麼待客之道，總之先坐先贏，畢竟餐桌也分主位客位，是吧？

哪也不想去的感覺很熟悉，原來我眷戀的是不被打擾，賴在有陽光的地方，像隻冬天的家貓。

註

1. 佛教的一種修行姿勢，意指朝右側臥躺，右手枕著頭部。

你的王國
要有你的味道

搬到新家時我剛上幼稚園大班，雖然和哥哥擁有各自的房間，兩隻破殼雛雞還是在爸媽的房間打地鋪好一陣子，直到中年級才正式離巢。學齡前的小男生沒辦法馬上勇敢，時常耍賴想睡在主臥房，趕都趕不走。只要誰半夜驚醒，便會搖醒對方想辦法一起偷溜進去，房門若是反鎖，就拿著枕頭棉被睡在門口，那是童年生活少有的革命情感。

日子一久，很清楚無論如何糾纏，主臥的房門就是不會再開，得自己想辦法長大。和哥哥年紀相仿，起初同睡一間房，但兩人之間老是有冠不完的所有格。死的，活的；我的，你的；爸爸說是我的，媽媽買給你的；自己存錢買的跟同學借我的，最能引發戰火，讓兩兄弟拿出拳頭蠻幹，莫過於來路不明的。轉手又後悔的玩具，借了有去無回的文具，哥哥的個性霸道，我也不甘示弱，誰也不讓誰。即便到後來分開睡，那些裝在盒子裡的寶物，無論藏再深還是翻得到，入侵對方的房間，然後占為己有，再趁著無人看管之時想辦法偷回來，同樣的攻防天天上演。

三十年前的臺南，家裡附近有統一超商（現為7-11）是不得了的大事。開架式美妝、唱片CD架、還有讓顧客自己動手壓的思樂冰。小三那年，參加思樂冰超人著色比賽得到第二名，拿著三百元的獎金禮券買了一罐覬覦好久的Za香水，圓潤瓶身和清甜的蜜桃味，不知為何，那個味道總讓我想起嬰兒的胳膊，是不會被嫌惡的可愛。

它是沾式設計，用的時候得倒一點出來，第一次開香水用力過猛，不小心灑得房間到處都是。我把擦完的衛生紙放在鉛筆盒，留個幾張放書桌抽屜，書包也沒忘記，每天被蜜桃香氣環繞。小學生不懂品味為何物，但從那一刻起，自認與眾不同，活成有香氣的靈魂，連說話聲調都特別修飾過。

彷彿被這罐香水的神力加持，哥哥說我的東西有查某味（臺語：女生的味道），蜜桃香開出一道護城河，那是頭一次真真切切地覺得這房間是我的，我的王國。

以氣味作為空間的標籤，變成生活上的習僻。上大學第一年，沒抽到宿舍，得跟陌生人在校外合宿，當時的大學生肯定知道熊寶貝香氛袋，「清新晨露」最搶手，不分男女，大多數人的衣櫃都是這個味道。我故意選了薰衣草，雖然有點壓鼻，但還算清香，總好過和大家一樣。

個性溫吞且假性隨和的我，總覺得「爭」是很粗魯的行為，偏偏總是抓不準時機明講，用氣味來劃清界線是最文藝的作法。

空間切割之力修煉至今，已達純熟，隨著居住品質的提升，細化到客廳、房間、浴廁，甚至連廚房都會安排不同的味道。玄關是給客人的第一印象，擺放綠意盎然的草本調，越接近大自然越好；浴廁溼氣跟異味較重，乾淨的白花香能增加心理上的亮度，又以橙花或茉莉最適合；清新的柑橘調則放在廚房，不怕跟食物撞味。

房間是生活起居的核心，裡頭的味道代表一個人嚮往的心境。從前迷戀柔和清新的皂香，這幾年木質調最能給我安全感，臺北的氣候潮溼，推薦偏乾燥的雪松、杉木、松針、岩蘭草，揉合一點皮革或菸草，讓香氣的輪廓更細緻。

某次，朋友借走一件針織外套，事後問我平常用哪一款洗衣精，衣服怎有一股清香。我慣用的洗衣精再普通不過，借出前再三確認過是乾淨的，應該不可能沾到香水。去年搬家，他來家裡作客，參觀新房間時突然一陣驚呼。

「原來是你房間的味道。」

「什麼味道。」

「一種很溫柔可靠的味道。」

「什麼跟什麼啦，你在哪聞到我房間的味道。」

「你的外套啊。」

「所以剛剛是在稱讚我嗎？」

「不要太在意，當我沒說。」

perfume

✦木質調擴香清單✦

Bamford 擴香瓶
紅霞

FRAMA 天然紅土擴香球
檀木岩蘭草

HETKINEN 天然擴香
松木森林

MAD et LEN 火山岩擴香
Terre Noire 森林調

CULTI MILANO 經典系列擴香
絲絨暖香

芋泥鮮奶口味的蛋糕

幼稚園的畢業典禮前夕，老師請我們繳交從出生到六歲的照片，想做一本成長紀錄讓畢業生留作紀念。我回家翻箱倒櫃，就是沒有被布巾包裹、吸吮奶嘴的嬰兒照。七爬八坐九發牙的階段一片空白，學步期搖搖晃晃的模樣無從考證，我存在人類歷史的最早紀錄，是一張蹲在草皮上的照片，三歲的我一臉懵懂，還不知道要看鏡頭。

七歲的年紀對自己的過去一知半解，那些照片同學都有，差一歲半的哥哥也有，我所認識的孩子之中就我沒有。母親解釋說那時候的相機不便宜，家裡窮買不起，哥哥出生那年剛好娘家的親戚買了新相機，借來拍照。我不死心再問：「那為什麼我出生的時候不去借？」她無奈地說：「一次照顧兩個小孩，白天還得顧店搬貨，每天想著賺三餐，忙到忘記要幫你拍照，等你大一點，經濟能力比較好，才到你二姑的電器行，買了第一臺 Canon 相機。」

即便對這個說法半信半疑，我還是長大了。每當父母責罰，心裡的委屈過了頭，便會質問：「我是不是你們親生的。」口氣越認真，腿上的瘀青痕就越深，激烈的管教手段一定是想煙滅事實，我的身世肯定是一場不可告人的悲劇。

小學時期的零用錢是二十二元，主要拿來買早餐，上學途中會經過一家西式麵包店，我固定會買一塊灑滿椰子粉的草莓麵包，或海苔比較多的肉鬆麵包，標準配備是一罐保久乳。渴了不擔心，自己帶水壺，每到中午母親會送飯到校門口，剩下兩塊錢是遇到急事打公共電話用。

每次走進麵包店，總會在冰櫃前多站好幾秒，老闆的小女兒和我同班。那天，她拿出一片切好的蛋糕，端到我的面前，母親叮囑過不能隨便吃別人請的食物，但她說：「今天是我生日，這個請你吃。」我的指尖輕點，玻璃櫥窗上那片白霜溶出小洞：「這蛋糕很貴嗎？上面有畫米老鼠的那個。」老闆娘走出來說：「等你生日，再叫媽媽來買。」

「媽媽，我生日那天可以吃蛋糕嗎？」

「一個蛋糕要好幾百塊，你爸不愛甜食，買來吃不完很浪費。」

於是每天兩塊、兩塊錢地存，想買個蛋糕，要最大的，芋泥鮮奶的口味早已打聽清楚，暗許生日當天要闊氣地請全家吃。錢還沒存夠，生日卻先來到。等到放學，我拿著一袋硬幣去問麵包店老闆娘，有沒有小一點、便宜一點的可賣。

回到家差不多是晚餐的準備時間，哥哥吃味地說：「全家就你一個人過生日。」母親攪動鍋裡的肉絲跟青菜，叫我拿個盤子過來，在耳邊低聲說：「洗完澡下來吃飯，吃飽再幫你切蛋糕。」原來，父親趁送貨的空檔去了一趟麵包店。

自從乖乖桶文化興起，這一天改為帶糖果餅乾和同學分享，後來出現更稱頭的麥當勞慶生會，變成小學生之間的交際角力。二十多歲的我仍持續誤判生日的意義，迷信氣球、鮮花和仙女棒噴灑的短暫煙花，期待眾人簇擁的喜悅。長大之後勤於社交，好友的生日跟星座背得滾瓜爛熟，就算沒能到場，也一定有張文情並茂的卡片。

人情不牢靠，接下來的每一年不單是長大，一想到「老」這個字就心煩，索性不過生日。早個幾年會刻意回避，隱藏臉書的生日，十一點五十九分準時關機，暫離眾人的視線至少二十四小時。愛熱鬧的我卻在這一天刻意雲淡風輕，被朋友們懷疑是逆向炒作，硬跑來樓下按門鈴，想來個大家都知道的驚喜，自討沒趣幾次之後，也就不再打擾，知道放我一如往常地過。況且，我的生日常跟母親節撞在一塊，忘記也情有可原。

「我從臺北買了妳最愛的芋頭蛋糕，祝妳母親節快樂。」

「今天也是你生日，你來切給大家吃。」

生日這天，所期待發生的事跟見到的人，很多是一來一往的關係束縛，從離散的必然循環慢慢醒悟，那聲快樂僅限當下。現在我習慣寫一篇感言，就為了給未來的自己回顧，婉拒物質形式的好意，面對祝福，只要心意純粹，其實都欣然接受。在乎的人平常已經給得夠多，能夠真心相待，其餘已別無所求。

別怠慢自己的胃

兩年沒見的香港好友T，發來一條微信說下週飛來臺北過生日，想找一天碰面吃飯。我向來好客，想都沒想就說好。那陣子工作很忙，慶生行程撞上新書宣傳期，不過飯還是得吃。被遠方的朋友放心上的感覺很甜，再沒空也會有空，直接把日期定下來。

知道T喜歡吃法國菜配上微酸爽口的白酒，白酒我還懂一些，法國菜就不常吃，對餐廳完全沒頭緒，趕緊到臉書發文問大神，順便驗收平時的雞婆。親朋好友的熱心留言蓋成一棟Taipei 101，每層樓的餐廳看起來都好厲害，還有潛水的臉友浮出水面，嚷著說要偷走這份清單。

在公關產業資歷很深的 J，平時宴客的經驗多，她的味蕾信得過，推薦剛摘下米其林一星的法式餐廳，特地打電話給主廚，請他幫忙「喬」位置。結果可想而知還是失敗，其實好一點的餐廳提早一個月訂位還不見得有，前一週才在乾著急肯定沒路走。

動用層層關係，最後訂到一家網路評價頗高的創意料理，店主是朋友的朋友，特地挪出兩個靠吧檯的位置，請我們到時將就一點。心急如焚的我當然不在意，也把這份天大的人情給記住了。

一週後，剛下飛機的 T 馬上與我通電話。

「你在忙嗎？想跟你說我到了。」

「到了就好，你待會到飯店辦好住房再跟我說。」

「好啊！我們是明天晚上一起吃飯嗎？」

「對啊。」

「我有兩個女生朋友臨時說她們訂到一家很難訂的餐廳，剛好有人取消訂位。我很想去吃吃看，還是我們跟她們一起，你介意嗎？」

「好啊，不介意啊。」

最後一句明顯口是心非，掛掉電話之後不僅要取消訂位，還得一層一層地把歉給道回去，怎麼可能不介意，幸好當時忙到沒時間生氣，能少一事是一事。他們口中難訂的餐廳我去過一次，打從心底覺得過譽，用陪吃心態消極赴約，禮遇遠道而來的壽星。

那頓飯完全插不上話，開口只有對食材的形容，魚有多鮮，肉有多嫩，甜點很好吃，不會太甜。富家千金的戀愛煩惱和夜生活有多瘋狂的話題，就跟重複吃一次不怎麼想吃的無菜單料理一樣乏味。結帳時，已經快把社交套路用光，他們竟還想找間酒吧續攤，婉拒不掉邀約，我逼不得已扯謊：「我先回家處理工作的事，弄完再跟你們聯絡。」

走出餐廳心有不甘，幾千塊換不到一頓飽，正是和法式料理兜不上的主要原因。送客人上計程車之後，一個人走到路口，發現常去的江浙點心小館就在附近。慶祝人際關係的隨堂考低空飛過，得用一些硬底子食物來撫慰辛勞。屁股肉一夾，以競走姿勢前進，一個人吃飯最好搞定，即便是排隊名店，也很少撲空，和陌生人併桌我非常樂意。

「我要點一份排骨蛋炒飯，一盅雞湯，用菜肉餛飩做紅油炒手，一碗熱芝麻糊幫我餐後再上。」闔上菜單如釋重負，雙手托著下巴回想剛才那一餐，忍不住自責起來，做面子給一年見不到一次的人，這是何苦？我最在意投資報酬率，為何大腦內建的計算機突然失靈。

熱湯熱飯一上桌，我那既開心又驚訝的表情像是新臺幣紙鈔上的小朋友，走去小菜區取一盤蔥燒鯽魚，踩著類似舞蹈的輕盈步伐，那段路正是芭蕾舞課，從門口到鏡子的距離。咬著多汁的炸排骨，飽滿的餛飩香而不辣，用掛好聖誕襪的心情迎接芝麻糊，這頓飯，我可沒被怠慢。

沒有合照的音樂節

每一段被標註著熱血的記憶，一定少不了海洋音樂祭。

大學生有很多莫名的群體意識，例如，深夜做作業才會有靈感、早八的課最早到的人不是沒睡就是怪咖、男生的機車車廂必須有兩頂安全帽、看野臺演唱會前得先灌一瓶啤酒、成群的好友一定要在暑假去一次海邊。而我，總是湊合的那一個。

跟大夥兒約好一班往福隆的晨間火車，趕在倒數一分鐘剪票進站，以鯉魚飛躍之姿進入車廂。衣服溼掉黏在皮膚，腳指縫夾著沙粒，空氣中的鹹腥味跟推擠，以及找不到乾燥的廁所都會讓我異常焦躁。試著昇華去海邊的意義，跟著喜歡的朋友有過美好回憶，留下幾張照片，再怎麼不情願還是跟，反正沒掉隊就好。

第一次參加海洋音樂祭，勉為其難的心情被激烈衝撞，走在沙洲上的天橋便開始興奮地顫抖，我們在橋下找到一處蔭涼，輪流幫對方擦防曬乳，青春盛開如海灘褲上的扶桑花。整裝完畢，一行人往海水裡衝，我雙掌一推，一條長長的水花撲向彼方，嬉鬧之中被某種奇特的頻率吸引，循著聲線往舞臺靠攏過去，聽完一首歌正式認識「蘇打綠」。

夜色漸沉，鼓聲跟雷射光戛然而止，在回臺北的最後一班火車上頭靠著頭，筋疲力盡地睡著。

出發前，我捲入一樁感情事件，不小心被室友的女友套出話，知道他房裡有別的女生，事後心疼受害者，化身正義使者幫忙調停，指責男方不該偷吃，沒料到兩人很快復合。和同行的人有嫌隙在先，以為這趟小旅行可以修復友情，卻在開學之後正式疏遠，甚至惡化到在課堂上成為被揶揄、嘲弄跟批鬥的對象。

說好只是玩沙，沒想到真把我給埋了。

自從在班上被邊緣化，我很常單獨行動，是虛擬世界將我拯救，至少有個地方還能接納我。關在房間成天上網，註冊奇摩交友想認識懂彼此笑點的新朋友；悶到受不了時，便登入無名網誌敲打著寂寥心情。在雅虎搜尋蘇打綠，同時在KURO音樂網也找尋其他抓耳的聲音，喜歡上獨立音樂，追專場，買單曲，等專輯，一個人走到公館「河岸留言」的票口又打了退堂鼓，這是二〇〇〇年初期的「聽團仔」生活。

被孤立不能算獨立，二十歲的我還是軟弱得可以，沒有堅強的打算。當初的海邊合照格外諷刺，但我仍時不時回顧，不敢看太久，那幾張笑臉說變就變的恐懼一直都在。之後，再也沒去過任何音樂節，總覺得那不是邊緣人能夠去的地方。

二〇一四年，看到簡單生活節的出演名單上有「逃跑計劃」，那是我追了好幾年的中國獨立樂團，好友Q是主辦單位的負責人，豪爽地問要幾張票，我卻遲遲給不出答案。

前一天我跟她說：「就一張，我自己去。」

隔天揹起背包，換上好走的運動鞋，追表演追了一整天，巧遇幾個老朋友，一塊坐在草皮聽著喜歡的歌手唱歌，曲一終人亦散。「逃跑計劃」開唱之前，早早站定位置，當〈夜空中最亮的星〉前奏一下，吉他弦聲彈跳似的自人群躍起，我整個人都石化了，開頭還能跟著唱，唱到副歌：「我祈禱擁有一顆透明的心靈，和會流淚的眼睛。」淚流不止的，還有每個孤獨時的自己。

能夠不顧旁人地享受表演是幸福的，是自由的，喜歡的事情就該純粹一點，流連一整天沒有留下跟誰的合照。離場時，在出口碰見香港音樂人林一峰跟林二汶，緊張到不敢說出：「我真的好喜歡你們」，我這假裝成路人的粉絲上前借打火機，能跟兩位偶像共處一根菸的時光也很夠了。

這些事、這些感動，我收藏得很好。

十二小時後重新投胎

有次去東京出差，同行的媒體朋友來我房間借吹風機，語帶曖昧地問：「你昨天沒有睡這邊喔？」整間浴室唯獨衛生紙有被抽過的痕跡，跟一條鋪在地上的大浴巾，飯店提供的備品完好如初。記者問話的套路我不陌生，急忙解釋說平時有習慣用的產品，可拋棄式的盥洗用具會自備，加上我有輕微的浴室潔癖，跟別人共用就算了，自己住會盡可能保持乾燥，不能忍受地板有水。

從第一次出國開始，便有著不能給人添麻煩的心態，或許是在錢櫃KTV的打工經驗太深刻，整個暑假都在清大夜班留下的包廂，跪在地上刮口香糖殘膠，見識過人類骯髒的極限，往後遇到服務業心中總是多一份憐惜。就連住進高級飯店也

有時間可以喘息，住進該是享受服務的空間，
眞正放自己假，哪怕只有一天也好。

是戰戰兢兢，房門口掛著勿擾牌示，退房時只差床沒幫忙重鋪，因為我始終學不會如何把棉被摺得好看。

連住進共享公寓也是，五顆星已經不是我想求的回饋，自從被房東大讚我住過的房間乾淨到不可思議，便著了魔似的，將每一回外宿視為整潔競賽，期待最後的評語。至今聽過「All perfect」、「Highly Recommended」、「Respectful」，目前的高點落在「負責打掃的人說能接待到我這樣的客人很幸運，好像沒人來住過一樣。」是客套也罷，總之，聽完暈陶陶地在心裡和房東握手致意。

一直以為自己是異類，而且出類拔萃。那次家族旅行退房前一小時，母親拿著空的購物提袋來回巡視，隨手撿拾垃圾，哥哥嫂嫂衝去商店街想再吃一碗一蘭拉麵，弟弟在球鞋店，父親剛從市場回來雙手提著水果。當時和母親處於冷戰，我默默刷洗著流理臺，她呼喊著全家把房間收拾乾淨一點，擔心給日本人留下不好的印象。原來，在外頭自律到有點多餘是一門家傳絕學。

後來和幾個好友結伴出遊，同房的A想一整天都待在飯店，哪也不去，為此我感到詫異。

「你一個人在飯店不無聊嗎？要不和我們出去晃晃。」

「我想睡到自然醒，下午去健身房、去游泳池，在躺椅上聽音樂看書。」

「這些事在家不就能做了？」

「不一樣啊！我是來度假的。」

沒仔細思考過飯店的正確使用方式，不習慣別人對我好的個性，讓母親和我其實都有自律神經失調的毛病。成因很簡單，意識想求好心切，但軀殼只想耍廢，身體疲倦需要徹底休息，而不是換一個環境讓自己更累。難得逮到時間可以喘息，住進該是享受服務的空間，我得真正放自己假，哪怕只有一天也好。

工作累是我人生唯一不開口抱怨的事，能有活幹、有飯吃，比很多人都幸福。但勞碌總有極限，接近收尾的階段，我會留著幾分力氣爬文找一間評價不差的飯店，有浴缸且要照得到光，餐點水準一定要好，平日有促銷價格，半價摘下五星不成問題，前一天整理好十二小時的過夜包，下班就即刻入住。

光是在大廳辦住房手續，那被處處禮遇的感覺就足以抵過一整個月在公司受的氣，拋掉無謂的包袱，目的是盡興而歸，平時已經夠為人著想的我，這一晚是最該被善待的人類。

一進房門先播放來自森林的環境音，再噴點草本系室內香氛，今天要在大自然裡過夜。浴缸放水的同時打開菜單，想吃什麼就點什麼，等候客房服務送達的時間，在浴室點起香氛蠟燭，只留鏡子的燈，飄散精油的霧氣無疑是來自仙人的棲地。

忙到生無可戀時，總想捶胸吶喊當人好苦。多懷念還是胚胎的日子，閉起眼睛在溫熱水裡放鬆漂浮，想像軀殼與延伸出去的四肢被輕輕捧著，宛如新生兒般。做完香氣四溢且極其繁瑣的洗浴儀式，選一部重看也不覺得膩的愛情喜劇，比照巨石陣，左右一顆枕頭，躺的頂的各一顆，身體赤裸裹著厚棉被，沉沉入睡。

翌日早晨，即便是一杯再簡單不過的柳橙汁，搭配可頌麵包也覺得特別香甜，對所有事物的美好感受被放大到極致，彷彿第一天來到這個世界。

packing list

✦十二小時的打包清單✦

Aēsop
阿加尼斯香氛蠟燭

Lush
璀璨星河汽泡彈

Sabon
以色列綠玫瑰身體磨砂膏

Three
平衡沐浴精華油

Abbyse
玫瑰面膜

Christophe Robin
玫瑰豐盈淨化髮泥

巴黎卡詩 KERASTASE
黑鑽極萃逆時髮膜

Bamford
枕頭噴霧

TOAST Living
LUMI 超音波香氛機

NEOM
舒緩恬睡精油

最溫暖的總在南方

巷口有一家越南河粉店，喜歡清淡口感的我時常光顧，老闆娘從河內嫁來臺灣，第一次造訪時，還熱情解釋南越跟北越的風味差異，特別提醒：「我們的生牛肉河粉要多加一點檸檬，酸一點比較好吃。」堅持肉片要沾大蒜辣椒汁，看著我配生菜大口吃下去，信心滿滿地反問：「好吃吧！」

或許是南亞民族與生俱來的樂天，讓她忘記要陌生，用一碗河粉的時間交代完十年打工的心路歷程。老家在河內郊區距離三小時的車程，原本在老闆的早餐店幫忙，後來家鄉的丈夫外遇，忍痛離婚。與老闆兩人日久生情結為夫妻，為了掙更多錢，前陣子決定加賣午晚餐，主打北越口味的濃厚湯頭。

幾個同鄉姊妹住在附近，常來店裡找她聊天，沒什麼客人時就打開 iPad 看越南的網路節目，一起哼歌一起談笑，我吃著河粉，時常被感染歡樂氣氛。等到那年終於造訪越南，一回臺北就趕緊跟老闆娘說：「我去了河內，好喜歡妳的家鄉。」幾個河內女人在店裡騷動，交頭接耳，中文好一點的幫忙翻譯，抿著嘴問：「你覺得河內的食物好吃，還是胡志明市？」

年底工作忙，趕在打烊前衝去外帶河粉，老闆跟老闆娘遠遠就喊著：「你好久沒來，我們還在猜你是不是生病，還是搬家了。」

「最近好忙，都只能叫外送。」

「忙的話打個電話跟我們說要吃什麼，幫你送過去，只叫一碗也沒關係。」

她撕了一角日曆紙，要老闆留手機號碼給我。

偶爾會誤闖河內的同鄉會，每逢年節返鄉，老闆娘總會大包小包，零食、罐頭跟速食麵帶回臺北和姐妹分享。一見到我，特地跑進備料的廚房拿出一袋餅乾，裝著圓圓的芝麻球，一打開便聞到陣陣椰汁清香，她倒出幾個在小碗，請我嚐嚐看喜不喜歡。這包芝麻球得來不易，是她從小最喜歡的零食，在越南老家的雜貨鋪買的，行李容量有限，一次頂多帶兩包。這小小的一包得省著吃，可以吃一個星期。

某天，匆忙經過河粉店，老闆娘問我要趕著去哪，我說：「我的河內朋友來臺北，要趕去跟他們吃飯。」當時在越南旅行有幸結識幾個當地朋友，帶著我出入酒吧，品嘗觀光客不可能知道的隱藏版美食，那種情感交流很珍貴。

在越南的每一天不忘發訊息關心，擔心我一個人住日租套房覺得無聊，但又怕打擾，熱心分享鄰近的景點跟小吃。臨別前一晚，我上前擁抱每一個人，並在耳邊說：「希望很快就能再見，有機會來臺灣玩，讓我招待你們。」幾個月後，其中的一位女生M，私訊說她和男友在臺北，希望有空可以見面。

那晚約在一家小酒館，點了一瓶紅酒，告訴M隔天我的第一本書即將上市，她開心得拉著男友說：「我的朋友是作家。」趁客人上廁所的空檔想偷偷買單，沒料到早就被搶先，我作勢生氣。

「明明在我的地盤，為何是你們買單？」

「能見面真的是太訝異了，以為當初只是說說而已，這頓飯就當作是慶祝你的好消息。」

臨別前，我再次抱緊M：「不曉得何時能再一起吃飯，結婚別忘記邀請我喔。」

M掂高了腳，靠在我肩上說：「一定會有那麼一天，我可以在越南讀到你的書。」

意冷心灰的時候，記得往南走，那裡總是溫暖。

遺憾，是未完成

匈牙利人的個性外冷內熱，建築物跟道路的排列一絲不苟，正如魏斯・安德森（Wes Anderson）的分鏡構圖，基因裡的柔情全給了配色，所到之處皆可以發現將不合理變成合理的色彩亮點。橄欖綠的橋樑、磚紅色的車站、檸黃色的浴場、粉膚色的飯店，最古老的銀行屋頂閃耀著如玉石般的翠綠，即便在寂然無聲的季節，仍能感受到冰霜美人的血色與嬌嗔。

剛抵達布達佩斯機場我是獨自一人，第二天，大學學妹特地遠從美國牽線，她在紐約的室友L正在背包客棧發愁，同時間好友S和女友正從布拉格搭火車南行，種種巧合讓我們湊成四人團。往後幾天多半是團體行動，人生地不熟，能夠說上幾句家鄉話，遇到麻煩事有人可以商量，暖烘烘的感覺其實也不錯。

結束佩斯城區的導覽，一行人停在吉爾波咖啡（Café Gerbeaud）門口抽菸，我外帶了一杯熱紅酒分著喝，待會要搭纜車上西岸布達的城堡山（Varhegy），到過布達佩斯的友人千叮嚀萬囑咐，漁人堡（Fisherman's Bastion）的夜景，說什麼也得見識一次。

石板路的縫隙結滿冰霜，隨時都可以來一段冰上芭蕾，凍氣穿透膠靴，每個步伐必須踏得又沉又穩，其實非常吃力。分不清是瘦還是刺，只得不斷拉低毛帽，心裡不停咒罵旅伴L，在零下十度的天氣裡，堅持這種不切實際的浪漫。

往聖喬治廣場（Szent György tèr）多數人決議要步行前往，我的表情擠成孟克的〈吶喊〉。途中得穿過古老的塞切尼鎖鏈橋（Széchenyi lánchíd），橋上有車流有氣流，風向飄忽不定，腦中不斷模擬失足墜落的畫面，究竟是被零度以下的河水凍斃，還是腦袋會先撞到碎冰失去意識呢，總之，這半個小時是我最不想冒的險。

有種旅行方式是爲了修正可惜，
清洗記憶裡未曾停止飄落的唏噓。

輯三／滋養生活的樣貌

「都來到這還不去看看，下次再來不曉得何年何月。」途中的勇氣是這麼來的。

走著走著，天色從湛藍過渡到蜜橘，夕陽是一盞探照燈，打在布達和佩斯交界的多瑙河上，光線遍及之處，鐵軌、柵欄、路樹與即將駛近的二號線電車，無一不金黃閃耀。

「你們看！」驚嘆聲摻著幾口白煙，有了形狀。可惜太過短促，沒能把時間攔住，我們繼續走著，對遠離的列車頻頻顧盼。

上到觀景臺還來不及感動，雙手便急著想握一杯熱燙的咖啡，店外的圓弧形廣場可以從布達眺望佩斯。此時，天空暈成戀人的臉頰，我從石柱間隙連按好幾張照片，到現在還捨不得刪，每當提起這座城市，口氣總掩飾不住濃烈的愛意。

只要想，沒有一個人去不了的地方。偶爾會敗給突然想跟誰分享又瞬間熄滅的失落，不知該向前，還是留在原地，只好拍下沒有我的照片。有過幾次惆悵不已的軌跡，得要兩個人做才合理的事，難免怯弱。沒能在曼谷沙美島的白色沙灘，喝調酒、哼情歌，曬半天的陽光；沒能在杭州西湖踩單車，累了就坐在公園椅，頭往後仰，髮絲隨著柳枝飄揚；沒能在布達佩斯多瑙河畔，趕在日落之前搭上二號線電車，挑窗邊的位置頭靠頭，結束這一天。

有種旅行方式是為了修正可惜，每愛上另一個人，總會妄想著能夠做伴，清洗記憶裡未曾停止飄落的唏噓。執著於遺憾就顯得沉重，我帶著它生活，變成心願，有些事情等準備好了，可以再經歷一次。自己若不完整，是破碎的，就算舊地重遊依然是粉身碎骨。

接下來，想去的地方太多了，我的傷感之所以強烈，不是獨自一人，而是當下沒做，遺憾是未完成，不是心裡掛念的不完整。

第一次的搭訕經驗

兩年前在小吳哥城，搭訕兩位年紀足以當我母親的開朗女性，三人半擁半摟，睥睨一切，那是我在柬埔寨最難忘的照片。

凌晨四點起床，搭接駁車抵達小吳哥城，摸黑跟著人群走到蓮花池，我很快地就卡到看日出的理想角度，架好腳架，設定縮時錄影。半小時過去曙光漸露，大千世界正要放出光明，我的鏡頭沒對準正東方向，偏移了三十度。事後檢查影片，太陽落在鏡頭外，最後只捕捉到看不出是哪裡的天光，和移動鏡頭時慌張如諧星的表情。

雖然不甚完美，但也達成人生成就，親眼見識過吳哥窟的日出奇景。

接近中午，步出小吳哥城，準備前往下個景點，不遠處有兩位大姐顯眼異常，先弓背再撅臀，輕扶椰子樹如瓊瑤劇的女主角望向遠方。接著在草地一趴，姿勢扭成津津蘆筍汁的泳裝女郎，自顧自地大笑。眼前的景象堪比世界第八大奇景，既衝突又奔放，我假裝拍城牆、拍天空、拍周圍的花花草草，試著聽口音辨認國籍，這對活寶太有意思，決定上前以幫忙拍照之名行搭訕之實。

兩位大姐喜孜孜地應許，立刻交出手機，一站到鏡頭前，語帶嬌羞要我給點指令。我這人有什麼料，就炒什麼菜。首先青春洋溢，想像和感情好的姐妹難得出遊，笑得像十八歲的自己，果真輕易過關。再來是性感，兩人擠眉弄眼忍不住笑場，我請她們取下眼鏡，對不準焦距的老花眼，正是雜誌封面常看到的迷濛眼神。最後必須是時尚的態度，見她們熟練地插腰、伸腿、壓腳背，三人份的笑聲在古城一角恣意迴盪。臨走前想合影紀念，她們立刻答應並讓出C位，留下一張致敬九零年代超模的經典合照，連被攔截來當攝影師的路人也笑了。

我們移到樹蔭底下聊起天來，原來兩位來自菲律賓的怡朗市，不是姐妹，是同事關係。同在大學教書，分別是化學工程跟食品科學的教授，這趟旅行是紀念即將退休。

「你呢？怎麼會想來柬埔寨。」

「這陣子我工作很忙，需要好好休息，加上喜歡吳哥窟的歷史文化，就決定出發了。」

「是做什麼工作呢？」

「我以前在時尚雜誌工作。」

聽到時尚雜誌兩個人更花枝亂顫，遮著口紅微暈的小嘴問剛才表現如何，我坦承早就在旁邊觀察許久，姐姐實在太可愛，連性感動作都很到位。她們笑說：「雖然不是女孩，但還是可以性感。」知道我是一個人旅行，用師長口吻叮嚀我要小心財物。離開前又親又抱，口氣心疼又惋惜：「明天我們就要回家了，要是早幾天遇見就能一起玩。」

傳說中小吳哥城的建築布局，是源自印度神話的宇宙觀，以中間五座石塔為中心，亦是眾神居住的須彌山峰，最外頭的護城河為海洋，寺廟周圍的迴廊則是人類世界。我獨自到訪，和她們在城內相遇相識，然後話別，各自回到出發的地方，如同人生的開始和結束，輪迴在時間的長廊。

此刻的生活態度，交新朋友容易也不容易，我們至今仍保持著聯絡，疫情期間不定期互報平安，再三提醒要注意健康，她的孫子出生，我最近腳受傷，關心從沒斷過。她們的想念來得很直接，很常一次留一大串留言，開頭肯定是禮貌問候。

那些照片和笑聲成為再見面的理由，說好在那天到來之前，我們都要好好的。

第一千四百五十五天

獨自旅行真的會上癮。我的步調很慢，不是跟團體質，若休長假，便會挑有朋友在的城市趁機敘舊。有地頭蛇引路，走的路再遠，語言再不通，也沒想過要害怕。那年的清邁七日，算是打娘胎以來最原汁原味的一趟自助體驗，打算試試膽量，一個人面對全然的陌生。

第一天／

被不跳錶的計程車載到一棟社區型大樓，或許是陰天作祟，天井的光線若有似無，我站在老舊的電梯口，不禁想起電影《一一》的最後，英文老師遇害的那天。我隨即在臉書開直播：「為大家開箱猛鬼套房。」把行李放下，再走到一樓，退回十分鐘前剛抵達的地方開始講。

第二天／

這幾天得要有代步工具，我到路口搭一種在東南亞很常見，由五噸貨車改裝的接駁車，順利抵達市郊租到機車，移動範圍變大，揹著腳架加上厚臉皮，沿途看到有趣的人事物就停下來欣賞，打算把帶來的六卷膠卷用完。睡前預約好泰式料理烹飪課和高空叢林滑索體驗，突然想起朋友出國用交友軟體找旅伴、找飯友，有些事情得試過再決定要不要懷疑。下載軟體，上傳幾張貌似享受生活，接近真實的照片，自我介紹則寫觀光客。

第三天／

隔天睡到下午，交友軟體有好幾則未讀訊息，我和唯一沒放照片的帳號聊得很來，很快就加微信，長相還算順眼，明顯也是背包客。晚上計畫去逛清邁最大的週日夜市，我顧著吃、顧著問價錢，方向感斷在燒烤瀰漫的煙霧裡。

「今晚有什麼計畫？」

「我正在逛週日夜市，你呢？」

「正無聊，不知道要去哪。」

「你想來一起逛夜市嗎？」

「好啊，待會見。」

他是P，曾到臺灣當過一年交換學生，現在在北京唸大學，暑假躲到清邁緩解課業壓力，在這裡住了幾星期。

我提議去喝一杯，他也爽快答應。最近的酒吧騎車要十五分鐘，沿路的路燈非常少，有幾段僅容得下一個車身的距離，泥沙摻著石礫鋪成不平整的路。我載著P，分不清是抖還是顫，順利來到一處夜生活的聚集地。貨櫃屋、木板房、露天餐車，光聽音樂就知道，這裡的店家不打算為了取悅觀光客，全是當地的年輕人，找不到金髮碧眼的面孔。雙載的體驗加上幾口啤酒，剛見面的客套早就扔掉。

「你在清邁住哪裡？」

「我在 Airbnb 找到寧曼路上的大樓套房，地點還不錯，只是一個人住在裡面有點詭異。」

「你應該要住 Hostel，那裡有很多來自不同國家的背包客。」

「跟陌生人睡一間不尷尬嗎？」

「不會啊！我覺得很有趣。和陌生人交換生活經驗會有很多新的想法，也可以結伴同行，就像我跟你一樣，旅行還能認識很多人，不覺得很好玩嗎？」

既然成為朋友就要幹點瘋狂的事，紀念這難得的相遇。我拉著 P 到一處賣炸物的攤販前，掀開透明的壓克力板，指著蟲蛹、蟋蟀、竹蟲、蟬……被酥炸過的昆蟲，油亮油亮的。

「你敢吃嗎？」

「我不敢。」

「太好了！我們一人選一種吃掉它。」

第四天／

P還沒起床，我沒等到訊息便獨自騎車到附近晃晃，星期一早上十點多被一家生意很好的咖啡館吸引，拗不住烘咖啡豆跟英式司康的誘人香氣，硬是吃了兩份早午餐。下午到果菜市場跟其他學員會合，一起搭小型的雙條巴士到山上的農莊上烹飪課，我最愛的炒河粉、綠咖哩跟冬蔭功（泰式酸辣湯），神奇的是一回到臺灣，做法我全忘了。

第五天／

清晨六點簡單梳洗出門，懼高症嚴重到連過天橋也會腿軟的我，本日任務是出演《臥虎藏龍》竹林鬥劍的名場面，踏過樹梢，飛到七八百公尺高的天上去。一趟高空滑索，要堅強的時候太多太多，一回到住處，我連澡都沒洗就累了，睡了。

第六天／

中午先到青年旅社載P，今天立志要把「TripAdvisor」排行前三名的早午餐店都吃過。我騎車，他看地圖，第一家沒有位置，第二家把花店、藝廊跟餐酒館合一起，價位偏高，我們各點了一杯飲料，拍拍照就離開。第三家開在住宅區的深巷，木造小屋毫不起眼也沒有冷氣，人氣評論所言不假，做成泰式鹹食風味的舒芙蕾鬆餅，蛋香綿密，口感柔軟，鋪滿打拋碎肉，份量大到可以當正餐。

在鬆餅店自拍留念，並且請店員用我的底片相機，拍下兩人開心的笑臉。

第七天／

「我準備登機了，謝謝這幾天的陪伴，很幸運能在清邁認識你，下次一定要再一起旅行，祝你開學順利，這一年 all pass。」

第八天／

「早，我好不想上班。」

「我正在機場要去澳門轉機到香港。」

第十天／

拿到剛洗出來的底片，我把合照照片傳給Ｐ。

「不想回去上課。」過了一會兒，他說。

「加油。」當時我正在開會。

第八百六十六天／

「最近好嗎？」我發現被移除好友，於是再加回去。

第一千四百五十五天／

「嗨」（通過朋友驗證請求）

「Halo.」

「你是Ｐ嗎？我們在清邁認識的。」

「二〇一六年夏天。」

輯四

治癒心的方法

餘生寵著我所在意的每個生命，

彼此有著距離，各自妥妥地生存。

偶爾想起我，可是見不到我，不如在心裡問好就好。

從哪裡來，就往哪裡回去

穿著白衣的少年步入繁花盛開的世界，綺麗的春天誰能不心動。見花就摘，見樹就伐，雙手沾滿花瓣與嫩葉的汁液，再胡亂地往身上抹，被染成五顏六色的人發了狂，縱身跳進深沼，清醒過後想盡辦法刷洗一身的泥濘與污濁，這是我輩之人生活的循環。

幾個老友聚在一塊，抱怨感情、工作、人際關係一類的篇幅大為縮短。不曉得算不算看破紅塵，身心靈的話題總聊得特別起勁，瑜伽、頌缽、靈氣治療一脈相承，是一堂熱門的選修課，搶修的人從頂輪排到海底輪。早晚固定吃那一大把的保健食品，顧的是身體，最脆弱的心靈該如何療癒，身邊的人似乎各有奇招。

前陣子 Netflix 推出《冥想正念指南》影集，有不少網友說能幫助睡眠，睡前我把燈關到全暗，滴少許薰衣草跟洋甘菊精油用水氧機霧化，全神貫注地照著節目裡的指示做，究竟是一天的勞累，還是真有助眠作用，進行到眼球的線性運動，差不多也睏了。

報名淨化營的也不在少數，一群人在僻靜深山裡進行斷食療程，每日攝取基本的營養補給品，一日、三日、七日或十日不等，排掉毒素，讓身體與靈性回歸本我。身體健康，靈性也要健康，最讓人詫異的是礦石興起，人們深信原石排列所凝聚的能量可以淨化磁場，甚至招來好運。雖說有科學根據，但在朋友家裡見到水晶陣或水晶洞的頻率越來越高，究竟是我來到長輩的年紀，還是真為一種當代流行。

每年的十月底、十一月初，我固定會爬一次魚路古道，特別挑陽明山的北段走，一方面比較容易，另一方面則是貪戀秋芒的美色。從市區搭公車到上磺溪停車場入口，全長約莫三小時的路程，中途稍作休息，正好是一整個下午，終點在擎天岡，天黑之前還可以搭公車下山，去士林夜市吃碗花枝羹湯再回家。

對於一日健行迷來說，魚路古道北段是很好入門的一段路，陽明山上的溫差頗大，輕便保暖的衣物跟防滑好走的鞋是必要。和朋友作伴，事先準備好便當帶去配著風景吃，平日山客頗多，遇到對向來的長輩會互相打氣，打探前方山況，也確認彼此不是傳說中的紅衣小女孩。

舊時臺北，只能靠人力挑擔運輸物資，這條連結金山磺港、山仔后（陽明山入口）與士林子的古道，是漁獲、茶葉跟硫磺的經商之路，故稱「魚路」。晴朗的天氣可見磺煙自遠方升起，午後易起大霧，若遇陰天，雲層降低，山色、天色跟煙、霧、雲的顏色，黑灰白的漸層交疊，將一座座的山頭纏繞，如莫內的畫。

去過幾次便熟門熟路，才膽敢走周圍的支線，想一探藏匿深處的祕境之美。深處的祕境之美。金包里大路的城門是制高點，一側的石階往上走有一座小土丘，土丘頂端是竹篙山的圓柱形碉堡，緊隨一塊馬蹄形的草地，是坐下來緩緩精神的好地方。通常我的行囊不只有乾糧、一大瓶水和一壺手沖咖啡，還有積累許久的負面情緒，想帶進山裡拋。

城門下方是日人路，採之字形開闢，古時為運送槍砲，所以沒有階梯，平緩易走。兩側高過人身的芒草，在秋天會開出滿山遍野的芒花，西風吹過這片說寧靜也不寧靜的海，撩動著、拍打著，拂落我身上的髒灰，每每走一回，心裡總是清明許多。

大自然是一座巨大的能量場，承載無數的生命循環。日復一日地，它的氣是流動的，是靈活的，高山、森林、溪流、海洋，和行走時被擾動的風，當萬物順應著運行法則就成平衡。搬到室內營造靈性充滿的場域，是術士的做法。我迷信源自大地的能量，忙過了頭，便會抽個一天走進山裡將心靈洗滌。回歸，不就是從哪裡來，就往哪裡回去。

被卡帶治癒的青春症

老家房間的書桌第一格抽屜，擺滿中學買的CD跟卡式錄音帶（卡帶），當時我們家沒有CD隨身聽，更不許有炫炮的音響，管教嚴厲的父母認為娛樂產物有毒，會殺死孩子的大好前程。

國中時期，我得半夜摸黑上頂樓的佛堂借用錄音機，只為聽光禹的《夜光家族》，若當集來賓是流行歌手，會聽得特別起勁，節目尾聲一定是宣傳新歌，我把枕頭挪到胸口托住下巴，趴在床上聽完才翻肚睡去。當時課業壓力巨大，不及格得被藤條伺候，少一分抽一下，滿手瘀青還得握著筆桿。算完一整張的數學試題，背完英文單字，也解決惱人的化學公式，這段聽歌的時間屬於自己。

已經是CD的年代，我還在聽卡式收音機，但沒辦法，硬體設備還跟不上。一九九八年，在便利商店買了黃小楨的《賞味期限》，那是我真正擁有的第一張專輯，西瓜皮髮型搭配粗框眼鏡假扮成垃圾桶，哼唱卑微的〈15秒練習曲〉，完全是一個國中男生的內心投射。通常六點是父親上樓燒香放送佛經的時間，錄音機必須在五點前放回原位，回放的次數有限，我得將喜歡收好，壓在枕頭下面。

買這一堆專輯，全是為了跟同學借隨身聽時可以聽想聽的歌，升上高中還在聽卡帶的沒幾個，時髦一點的高中生，房間必備一臺手提音響。和我比較要好的L，在班上不是多話的人物，家裡是鎮上最有名的電子遊藝場「中國強」，上課愛睡覺、不繳作業的學生一聽到這名字，就好像被灌飽蠻牛，眼睛炯炯有神，後期改成高速網咖，更是聲名遠播。

L功課好，品行也好，根本不懂電動，下了課就踩著腳踏車去補習，生活唯一的變化就是髮夾的顏色。會跟她好，因為善良，因為大方，是全班少數願意出借隨身聽的同學。等到熟一點，看穿我臉皮薄，每天會帶著CD上課，便趁不注意時塞在我抽屜，寫一張紙條：「聽完再還我。」

我們的共同話題是音樂，正當謝霆鋒帶著一張帥氣臉蛋，賣座電影跟唱片狂掃全臺的少男少女心，唯獨L跟我注意到同時期略帶憂鬱，如漂泊少年的馮德倫，電視狂打黑白色調的MV，肩背吉它，穿梭在香港柴灣的漫步身影太帥氣，我甚至跑到成衣賣場買了一件很像的運動夾克。下課的十分鐘，夠我們一人一耳聽兩次〈愛不夠〉，一起皺眉做出煞是心痛的表情哼副歌，再用花癡口氣說：「怎麼會那麼好聽。」

有天，她塞給我一張卡帶：「給你，這樣你回家就可以聽了。」前一晚錄了十幾首歌，不只有馮德倫，還有一些是L愛的歌。

這段記憶很微小，在被陽光灑滿的高中三年裡，像是一個短暫擁抱。

後來，在電影《壁花男孩》（The Perks of Being a Wallflower）再見到那幾卷卡帶。

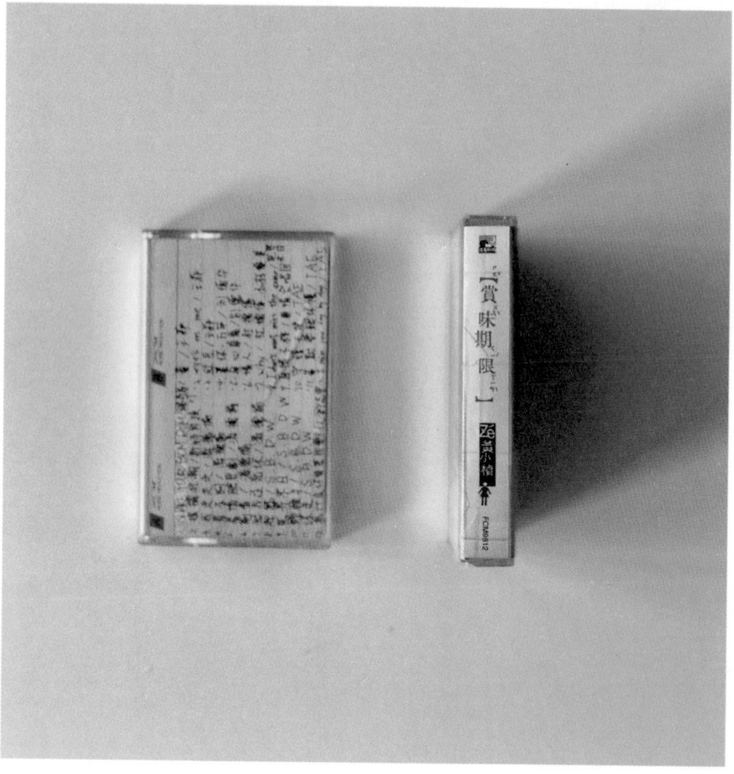
【賞味期限】
黃小楨
FCM9812

三位主角是校園裡的異類，高一的查理（Charlie）既溫柔又善感，偏偏他經歷許多創傷被迫早熟；高三的派翠克（Patrick）是高調、打扮古怪的同志，個性開朗幽默；而同父異母的珊（Sam），是個嬌俏慧黠的女孩，外表堅強，內心卻纖細脆弱。各自有不能被觸碰的過去，卻成為死黨。

當珊發現查理沒有朋友，便張開雙手：「歡迎來到怪咖的世界。」並把派翠克介紹給他認識。他們會交換冷門樂團的音樂，錄成自選輯作為青春期的長信。電影最後，珊探出車頂，張開雙手迎著風，彷如破繭而出的畫面，冷不防地令我淚流不止。年少萌芽的憂傷，面對人際關係的困頓，自我懷疑的黑暗面其實一直都在，即便長成不被理解的怪人，也期望飛翔的姿態如蝶翩翩。

始終捨不得整理那格抽屜，封存在裡頭的不只有音樂，還有無數次被救贖的紀錄。特別是外頭寫滿歌名，從數字1開始排列的白色卡帶，收著一九九九年到二○○○年的珍貴心情。那些聲音至今無處播放，但L轉印到我身體的溫度，還在。

越逞強，心越酸

腳傷已經進入第三個月。

中秋前夕一次的打坐練習，平時皆以雙跏趺坐，結束後還原到散盤狀態，搖晃上身，拍拍大腿筋絡讓氣血流通。約莫十分鐘的收尾，卻因心急而省略舒緩動作，想趕快站起來幫忙旁人搬移重物。

這一站，好像踏上劍山，右邊的腳底板一陣刺麻差點站不穩，不知輕重的我，還甩了兩下想讓血液通暢一點。當天晚上腳盤發腫，痛到我大半夜在床上打滾，瘸著腳翻箱倒櫃，想找止痛藥來吃。好不容易撐到天亮，還不信邪，自行擦痠痛藥膏，以為過幾天就能痊癒。

先是行走困難，隔一天則是連踏都沒辦法踏，上廁所得沿著牆壁找支點，走不了就用單腳跳，然而，同一隻腳的使用頻率也不能太高，跳久了連它也報銷。坐也不是，躺也不是，兩天兩夜幾乎沒睡，死命撐到星期一下午，離家最近的中醫門診時間一到，就連不過五百公尺遠的距離，我還是得叫計程車。

我住四樓，舊式公寓可沒電梯，原本不過半分鐘的下樓，折騰了十分鐘，像小孩學步般的速度，耐不住司機奪命連環摳，大門一開便崩潰大喊：「我腳不舒服，請等一下。」想起來好不甘心，正值壯年的身軀怎會挨不住這點小傷，我可是有好幾次獨自去掛急診的實戰經驗。事後想起，並非我夠強壯，而是病痛未達膏肓。

最嚴重的那個月，哪也去不了。工作能挪就挪，外送得一次叫滿三餐的份，不過十步之遙，走到大門都嫌顛簸。因為久坐跟熬夜趕稿，身體的修復能力變得很差，醫生命令我好好休息，沒事把腳抬高，想好得快務必配合治療。每天的坐姿有使用額度，坐一小時就得躺兩小時，眼看進度落後，心情變得非常焦躁。

這段日子難免喪氣，終於瞭解獨居老人的家為何總是髒亂，甚至有我不理解的囤物症。不良於行，必須把慣用的日常用品、藥品、食物跟水，放在伸手拿得到的位置，也由於不能蹲、不能彎腰，地板溼滑又怕滑倒，打掃跟洗澡不是一件容易的事，只好放任它髒亂。

我不是聽話的病人，這隻腳的復原速度很慢，初期每隔四小時得吃一次止痛藥。曾經在回診途中忘記帶健保卡，懊惱地坐在路邊，盯著地面發呆，連自責的力氣都沒有。夜裡，翻身不慎壓到傷處，痛醒之後發現藥吃完了，一個人躺在床上忍到早上八點，發訊息給幾個住在附近，同為自由工作者的朋友。

「早安，抱歉打擾，你家還有止痛藥嗎？如果沒有，可不可以等你有空去藥局幫我買兩排，到時候請快遞過去拿。」

隱隱作痛的感覺讓人不得不淺眠，十點多再度醒來，最有義氣的Q正在電話會議上，不過她已經叫好快遞，跟水梨、文旦包在一塊，正在送來的路上。住在下一條巷子的C說準備出門，過幾分鐘親自送止痛藥過來，我那病懨懨的樣子有些難為情，一聲謝謝還得裝作很輕鬆，請別為我擔心。

C離開沒多久，手機螢幕跳出訊息通知：「我最近每天會出門上駕訓班，需要跑腿請隨時吩咐，請不要客氣喔。」

沒料到提前走到這關，原來有一件事是自己應付不來，不禁思考著十年、二十年後，若還是孑然一身，勢必得好好呵護珍貴的血肉之軀。雖然這年頭打電話的人少了，但短訊交流沒停過，緊急聯絡人的功能已不再是情感支撐，或比較在乎誰的順位，能及時提供幫助的人，比任何情操都來得偉大。

平常的日子再怎麼困難，也都堅持凡事自理，怕被拒絕，只好以倔脾氣作殼，時常在夜裡縮成一團，用顫音說：「我沒事。」心態矛盾得可以。到頭來膽小還在，最後落得被失眠懲罰，那恐懼不完全是痛，而是怕欠人情也怕連累別人。但何必怕？那個人可不是別人，而我也不是無心償還，等待腳傷痊癒到能跑能跳，再多用點力對別人好。

失而復得的生活況味

我有個不算怪的習慣，遇到很喜歡的香水會捨不得噴完，快要見底就趕快收起來，如果保存得好，放在陰涼處的香水其實沒有限期，不是買不起新的，而是深怕它說停產就停產，有錢也買不到。就像曾經很愛的 Paul Smith 故事（Story）男香跟 Gucci 經典男香二代（Pour Homme II），是我花了好幾年的時間找遍各大購物平臺，才又重新回到身邊。

故事男香是英國品牌 Paul Smith 在二〇〇六推出的綠木質調香水，瓶身設計成一本精裝書，前味的葡萄柚清新如風，茉莉與玫瑰花瓣的香氣妝點年紀，後味的香根草配雪松輕盈無比，像在樹下翻著書的白襯衫少年。據聞最後一批在二〇一〇年生產，幾年前倫敦的專門店還有零星庫存，無奈效期一過就更難找到。苦尋了七、八年，直到有一天好友突然發文，他搬入的新家櫥櫃裡，有一批房東不要的過期香水，請想要的人自行認領。

「我想要那款綠色的 Paul Smith 香水。」

「可是它噴頭壞掉，會漏喔。」

「沒關係，我還是想要。」

另一款生產於二〇〇七年的 Gucci 男香，是最難駕馭的辛香木質調，但它卻一點也不刁蠻。綠色的紫羅蘭葉和肉桂鋪陳紳士般的優雅，紅茶與菸草揉成了內涵，這款香氣將男性氣質雕琢得十分細膩，有著玉石經過長年配戴所養出的潤度。二〇一三年品牌一傳出停產，香水論壇立刻哀鴻遍野，一罐定價兩千多塊的 30ml 香水，被炒作到上萬還買不到。多年來我一直沒放棄尋找，每隔一段時間用關鍵字搜尋，前陣子在網拍賣場看到有人想拋售 100ml 的空瓶，我立刻下標。

「其實它不是空瓶，剩餘約莫 10ml 的香水，不過我不確定有沒有變質。」

「沒關係！我找了好多年，純粹收藏。」

收到當天立刻試噴，那股敦厚的茶香自記憶氤氳而出，我太過興奮，趕緊跟賣家說沒有變質，不斷感謝，並抒發對這香氣如何迷戀，謝到對方覺得尷尬，急著結束對話。

失而復得的香水連噴都捨不得噴，有時候犯了想念，聞瓶蓋過過癮也好。我常在思考，收藏上百瓶的香水難免喜新厭舊，但為何對它們念念不忘。氣味，代表著使用者對於某種形象的追求，某個時期常用的香水，解釋成心境反射也說得通。

二〇〇六年正是我出社會那年，隨後結識一群喜歡夜生活的朋友，白天則在紙醉金迷的時尚產業嘗試站挺一點。剛搬到臺北的頭一年沒什麼社交活動可言，多的是時間跟自己相處，假日會在國家圖書館待上一整天，那裡有看不完的書報，可以治療資訊焦慮。晚上睡不著便騎車到敦南誠品，揀幾本想看的書，窩在雜誌區的一角安安靜靜地享受不被打擾的夜讀時光。

二〇〇七年過後，生活方式產生了七百二十度轉變，我這隻麻雀雖不至於變成鳳凰，但好歹也是一隻剛換好毛的帝雉，戴上朱紅色的面罩，揚起長長的尾巴，在舞池裡隨節拍前進又後退，一身華麗的羽毛晃啊晃的，好不得意。曾誓言滴酒不沾，如今卻成貪杯再三的酒精奴隸，每當生面孔上前，朋友便會語帶嘲諷地介紹：

「這位是威廉，興趣是在圖書館看書。」

收藏的想望是出自於一種當我老了坐在搖椅上，還想嗅個幾口當嗎啡的心情，並不是想用，也不是找不到相似的香氣可以取代，或許是當時的自己令人懷念，日子過得簡單踏實，不為誰左顧右盼。再遇見是一種契機，所幸我已不再徬徨，有能力也有意識地選擇想要的生活。

以兩款香氣做引，找到最初走過的路。

姑且叫你小黃吧！

不走大路卻愛鑽小巷的習慣，應該是遺傳自父親。他的個性急躁，早年自己當頭家（臺語：老闆）還兼送貨司機，每天實驗最快路徑，哪個路段在哪個時段的車流如何，紅燈幾秒算得神準，再搭配警廣電臺的即時路況簡直無敵。單手方向盤單手排檔桿，以油門做節拍器哼著臺語老歌，一趟家族環島旅行，可以很明確地指出測速器的鏡頭在哪，連在後頭跟車的親戚都嘖嘖稱奇，尊稱他為人體導航。母親聽了忍不住吐槽說：「還不是用罰單換來的。」

這反骨的基因到我身上產生變異，在臺北很少開車，住久了連摩托車都不騎，多半搭公車、共享單車或走路，他趕時間抄捷徑，我刻意繞遠路將步調放到最慢。

明明回家的路直走就到，偏要不斷拐彎，以數個之字抵達。

行道樹的枝葉轉黃，不到六點路燈亮起時微弱的趴嚓聲，隔壁棟三樓的晚餐是麻油雞，豆漿店今天排隊的人少了一點，而我的手心有些乾澀，應該是準備換季。當周遭所有細微的改變鼓譟起來，即便住在同一塊地方，每天走著差不多的路回家，我總會覺得每日如新，生活裡多的是有趣的事。

夜路走多沒碰到鬼，那天卻撞見陌生的狗對我狂吠。黑暗中聽得見鐵鍊猛扯，平時這條防火巷安靜得可以，有陣子沒來巡邏，不知何時多了一條狗被拴在外頭。白天要去郵局辦事，特地再繞到後巷勘查，一隻不到一歲的小黃狗趴在某戶人家的後門，項圈、狗鍊跟幾片木板隔出的小窩，我一靠近，牠便轉換成戰鬥姿勢，準備再來一波昨晚的嚇阻。

不再怕狗，全拜巷口的另一隻老黑所賜。有次我邊走路邊滑手機，不小心踢到牠的屁股，照理說要賞不長眼的路人一陣撕咬，展現大型犬該有的威武咆哮，但牠老人家卻緩緩起身，挪到另外一個位置曬太陽，十足的長輩風範令我臣服。往後只要有出門的日子，一定會走過牠身邊，如好友般寒暄：「嗨！你好。」「躺那邊不熱嗎？」或是「請問你是本來就胖，還是最近伙食比較好？」

可是新來的小傢伙（姑且稱為小黃）不來這套，拒絕街坊的善意，我的策略是日久生情，每天假裝路過嘗試拉近距離。看見碗裡的狗糧混著幾隻死蟑螂，另一邊用鐵盆裝的飲用水又白又濁，飄出酸腐氣味。跑到附近的自助餐店打包一隻雞腿，想給小黃吃點像樣的，但牠的狗叫聲太大，大到我像個竊賊顯得鬼祟。於是，快速扔在吃得到的範圍，便匆匆離去，到一個可以窺探的位置，確認牠有進食。

維持一週餵食兩到三次的頻率，小黃逐漸不再對著我吠，平時連摸狗都會發抖，居然主動整理起牠的小窩，幫忙換水、清潔飼料盆。偶爾買些生雞胸肉一起慶祝週末，同時上網查究竟怎樣才算虐狗，內心演練著若是哪天遇到飼主，該如何展現知識份子的條理，做到斯文嗆聲，並且拿捏好警告的尺度，不能讓他因此棄養。

養寵物是責任，更是牽掛，我還沒參透生離死別，更禁不起失魂落魄，抑或成日哭哭啼啼。朋友的狗走了，我問他想不想再領養，猶豫了幾秒說：「還沒想到那邊去，不過少了牠陪伴，還真不習慣。」不久前，在網路上看見送養寵物的訊息，一位婦人養了二十幾隻貓跟一隻狗，不幸罹癌只剩幾個月可活，希望在有生之年能幫心愛的毛孩子找到好人家，所幸一切如她所願。

不是沒想過要找個伴來陪，投靠犬派的熱鬧或貓派的安靜，但我想先學著對自己好，當生活夠穩、夠有本事，所散布出去的善更加廣大。餘生寵著我所在意的每個生命，彼此有著距離，各自妥妥地生存，若有需要必定會盡力給予，不求陪伴，但願你們吃飽穿暖。

偶爾想起我，可是見不到我，不如在心裡問好就好。

有人做絆

二月十四，我會說那是西方人的節日，農曆七月初七，不過就是商人的把戲。那中秋節呢？其實何月不月圓，只要有心，哪天團圓都不要緊。唯獨除夕的年夜飯，始終沒辦法輕易看淡。

年前，在上海工作的臺灣人會返鄉過節，早早就訂好機票，而我，還在盤算年後的去留，一開始打算省下這筆錢，找幾個同樣回不了家的朋友一塊過節。只是我沒想像中勇敢，老家住得遠的同事早就先撤，辦公室的空位慢慢變多，電子信箱平均一小時就收到一封說明休假去的招呼信，走進地鐵站，明明是下班時間卻感受不到推擠。

年假前兩天終於按耐不住，開始四處求票，請人幫忙找回臺灣的機票，不管停哪個機場都可以，貴一點也無所謂。

「除夕當天飛松山還有一個空位，只不過抵達時間是晚上九點多，趕不及年夜飯你可以嗎？」

「可以，只要能回得去，年夜飯哪時候吃都行。」

飛機落地，我一等到行李，便快步走向計程車招呼站。除夕夜的臺北城，燈火零落，人影稀疏，我脫掉身上的大衣跟羊毛手套，給幾個朋友打電話：「我到臺北了，吃完年夜飯來我家（臺北的住處）喝一杯，有太多精采的事要分享。」得到的回應不比以往，最不想待在家、最貪玩的那幾個，紛紛給了無法抽身的答案：「我家有親戚在走不開。」、「除夕夜還跑出去玩，會被我媽打斷腿。」、「要不你來我們家打牌。」

原來，逼人的不是那頓飯，而是眾人皆醉，獨留一人清醒的慌張。這些朋友還真不夠意思，要茫就一起茫，當所有人沉溺在年節團聚的溫馨氣氛，我卻像個局外人，站在馬路上任憑溼氣往骨頭裡鑽，屋內圍爐的薪火燒得旺，笑得熱鬧，玻璃窗凝成一面白色屏障，將我和過年的人徹底阻隔。無奈回臺南的高鐵車票是明天，沒辦法再早。

那是出生以來第一次，沒和家人一起吃年夜飯。

陳奕迅唱過：「落單的戀人最怕過節。」怎麼聽都覺得「戀」是贅字，只要落單的人都怕過節。戀人通常成雙出現，也意指心所屬意的人，或許想見不能見的思念，讓過節變得辛苦。但我不得不說，心裡若還有人，那般孤獨是被對照出來的，形單影隻的獨居者是夜裡站在懸崖邊的狼，是真正高冷的存在。

學生時代和萬年單身的J結成「去死去死團」，只要有伴，就不算孤獨。騎著摩托車雙載，吃一頓麻辣火鍋吃到飽，接著看場電影，做不了愛情片的主角，也要在自己的故事裡笑得大聲。十幾年下來，彼此的工作日漸忙碌，早已沒力氣對抗節日，失約的我們並不是找到新的伴，而是有默契地平常心看待，逢年過節需要的不是聚會，而是抓緊時機好好休息，享受不用出門，暴飲暴食的痛快。

日文裡，有個詞是「絆」（きずな，音為kizuna），可解釋成牽絆和羈絆，原意是感情深厚的意思。中文翻譯讓情感連結的結果變得有些負面，對戀人、對朋友、對家人，我認為三者之間最難灑脫的是家人。家人是最初來到這世界上的連結，有過無數次喜怒哀樂的共感，而且非常強烈，這般執念沒法說淡就淡。

去年報名一場法會，選在新舊年歲交替的子時誦經祈福，與會者多半是臺北人，除夕夜再次落單。這回我老神在在，主動邀請同是南部人的同修到家裡吃飯，接著再一同搭車上山。法會開始，眾人坐定，我掛上念珠閉目觀想。

缽聲一響，低頻等速的咒字在佛堂內不停迴繞；缽聲再響，靜心冥想；最後一響，祈求一家人健康平安，不管身處何方，始終有我的祝禱。

父親的龜毛茶和我的龜毛酒

一家人搬離那棟大房子後，那些昂貴的茶具也跟著住進櫥櫃，好多年了，早已失去往昔的韻味。

舊家一樓是木材行的店面，也是父親的交誼廳，堆積成列的木料占掉大部分的空間。獨留兩側走道，左邊狹小，常有買家為了挑選材料穿梭其中，右邊較寬，是我們出入的主要動線。某天，來了一塊巨大漂流木橫臥在家門口，我上學得繞道而行，父親說這塊是上等的臺灣檜木，它灰灰髒髒，卡滿了泥沙，常人看不懂身價。

過沒幾天它被送去「整理」，再見面時，那細緻的年輪被拋出亮光，上過漆的樹皮變得親民許多，不用擔心被倒刺所傷，以狂風暴雨之力擰斷的粗枝，切出六張圓柱形的座椅，變成一組江湖味十足的茶几，不規則的橢圓形狀像臺灣，霸氣外顯。家裡若沒人，那便是哥哥跟我的遊戲區，鐵金剛的城堡，賽車手的棧道，容得下兩兄弟的海中島，兩人豈止過動，三不五時就站在上頭，學起衝浪有模有樣。

這張父親口中的「泡茶桌」肯定占到好風水，隨著事業發達，家裡的客人慢慢聚集，那些叔叔伯伯一坐就到深夜。母親通常是負責善後的角色，偶爾會念昨晚客人的衛生習慣不好，在樹幹凹槽清出檳榔渣跟菸蒂。每個月我們一家固定會逛大賣場，採買生活用品之外，還會備妥大量的瓜子、開心果、肉乾和任何能配茶的點心，泡茶的規格日漸齊全。

十幾樣茶具擺滿皆是工夫，自中國渡海而來的茶壺名器，臺灣高山種的金萱、烏龍茗茶，桌邊一只卡式爐點火燒水，等待鋼製水壺鳴笛聲一響，吐出燒滾的熱水。

第一沖洗茶杯，第二沖慢慢細品，父親說第三沖最剛好，七八巡過後，換茶再泡，程序繁複，龜毛之名當之無愧。

下課回家看到茶桌滿座，心情會異常地糟，平靜的日子被震出漣漪，該是家人相處的時間卻被忽視，後續的大小爭吵，一個不菸不酒的男人被鬆動的價值觀，跟風說出口的髒話聽起來有夠勉強。我認定這是打擾，但父親把奉茶迎客視為社交之必要，原本來坐的就幾個熟面孔，後期常有陌生人牽著猴子混進來，開口閉口都是投資，錢把這些人迷得昏頭轉向，賠掉整家公司，還不承認交友不慎。

長大後，換我經歷人際關係的焦慮期，誤解應酬的意義，喜歡把三五朋友招呼到家裡，熟的聯絡感情，不熟的當作交流。茶几置換客廳的桌几，飲茶變成飲酒，自認生性熱情好客，別人眼中卻是來者不拒。到最後路過的人成群結隊，孳生出是非之地，無意成為風波的始作俑者，只好沮喪地把大門緊閉，獨留一人頹唐。

經歷過好幾次如強颱過境的社交災難，逐漸理解小時候的父親為何一番美意，到頭來灰頭土臉且乏人問津。骨子裡，我還是喜歡臺灣味十足的泡茶文化，只不過龜毛茶[2]的精神得要被貫徹，自宅從來不是理想的社交場所，即使活成一個難搞的糟老頭，也想丟掉不合時宜的隨和，有原則的人才能博得尊敬，我的地盤得訂出規矩，一切的款待必須先顧慮自己舒不舒服。

想念是種癮頭，雖然一個人住很自在，但我不刻意營造孤寡，能夠不用費心打扮，走出家門就見到朋友的感覺還是很幸福的。最理想的家庭聚會是五人以下，再多就不行，容易分裂成小團體各聊各的。既然主要是聯絡感情，我秉持著生人不得過半的原則，能夠暢所欲言，不須擔心背叛或猜疑，以放心為篩選標準，就算喝光我珍藏的好酒，摔碎一地酒杯，也抱持著賓主盡歡的歡喜心甘願領受。

註

2. 臺灣的飲茶文化源自於潮州人的工夫茶，而工夫一詞是費工、講究之義，延伸出故閩南語「君謨茶」（kun-bo te），龜毛茶一名由此得來。

紀錄近期的情緒整理

快到聖誕節的那幾天，整個人變得好沉好沉，提不起勁工作，不回訊息也不主動聯繫，哪也沒去。一個人在家煮熱紅酒，一杯接著一杯。以為放空到過年會好些，結果到三月仍然沒有好轉，變本加厲成完全做不了事的狀態，每天癱在沙發空滑著手機，連《六人行》都看不進去。

看來，是被壓力擊沉了。

有過類似的創傷記憶，身體會自動找方法轉移注意力，我不停地打掃家裡、看書、買菜、做飯、插花、念佛，想緩解身心病症的發生。時間靜止在這間小公寓，我不斷重複著無關緊要的事，黏在焦慮的情緒曲線動彈不得。四月初，變得很易怒，時常眉頭緊鎖地走在路上，忘東忘西的。

某天，一位久未見面的朋友來訪，同行有幾張生面孔，那是一次很不愉快的聚會，從頭到尾都無法融入他們的話題。身為主人的我忙著招呼客人，一會兒找杯子倒酒，一會兒翻冰箱看有沒有吃的，注意眾人的需求，還得適時地陪笑。其實我心裡有些不耐煩，提醒要留一點尊重，暗示說有點累了，沒想到那位朋友卻回說：

「不然你說個時間，我們就離開不再打擾。」

我沒有趕客人的經驗，但那次突然鐵了心腸說：「那就現在吧，時候也不早了。」

關上門後，看著桌上杯盤狼藉一陣疲軟。不斷回想這一整晚所發生的事，先問自己該不該生氣，再自責於根本就不該開門收客，原本期待朋友的笑聲能滋潤枯槁的心靈，卻意外敲響喪鐘，將我拖進另一個深不見底的黑洞。滿腹委屈無處伸張，快要漲破五臟六腑的悶痛讓我在床上翻來覆去，怎樣都睡不著。

成年之後，難過到哭出來的次數，一隻手數得出來，早已被鍛鍊到理性異常，每當遇到痛苦的事，大腦會自動忽略難過，切入解決問題，事實上這很不健康。不許自己哭，成為一個不動聲色的大人，將能量巧妙轉正才稱得上成熟，一但沒學好管理負面情緒，當它無處宣洩也會積累成病。

要隱忍情緒的感覺很不舒服，我像顆被灌飽的氣球被拿著磨尖的棍棒猛戳，塗滿刮鬍泡，用刀片刮、用尖銳物品磨擦。「不可以爆，爆了就算被淘汰了。」不爆的氣球才是贏家，可是我沒想過要用這種方式輸贏，也不喜歡有輸有贏。在我的私領域，為何要顧及別人眼光；被觸犯底線，發出警告是很正常的；遭受不禮貌的對待，若是以牙還牙也是剛好而已。我不停在腦內喊話，繼續沉默。

在廚房洗杯子洗到一半，突然把菜瓜布用力一甩，大罵一句三字經，飆出一連串快如饒舌的臺語髒話，而且是正宗海口口音，當下心情竟然有點爽快。我接著再罵，六親不認的罵，指名道姓的罵，對著空氣咒罵奧客還不夠過癮，龜裂的心靈傷口沒辦法自癒，想到可以借助外力，決定跟素有「人間迷因」之稱的朋友A借點正能量。

「你忙嗎？有沒有空聽我抱怨一件事。」

「來！你儘管講，我聽。」剛好休假的她爽快答應。

還沒交代完事情的始末，A便插嘴問我什麼時候變得那麼好客，連不認識的人也請到家裡。反常行為讓她產生警覺心，開玩笑地說：「我那麼好約，怎麼不約我？」在熟人面前示弱，其實沒什麼好丟臉的，把心裡藏的壓力慢慢鬆綁，自招工作上持續的高壓狀態，讓我不得鬆懈，等到有時間休息，卻又被周圍的競爭感架著脖子。

「我拜託你，你已經夠好了！偶爾可以放過自己，讓條路給別人走吧，是你的就會是你的。」

「喔，好啦！那我可以跟妳講昨天那幾個人有多過分嗎？」

聽完長達半小時的實況轉播加抱怨，A居然比我還氣。

「有沒有搞錯啊！這幾個醜八怪來別人家做客還不客氣一點，你沒當場叫他滾就已經很給面子了。」

突然間我被理解了，也不想跟這些人計較了。

SUFJAN STEVENS
CARRIE & LOWELL
SEAN LENNON FRIENDLY FIRE
Mojave 3
fold your hands child,
you walk like a peasant
BELLE & SEBASTIAN

輯四／治癒心的方法

album

✦ 讓我感到平靜的九張專輯 ✦

Sufjan Stevens
《Carrie & Lowell》

Sean Lennon
《Friendly Fire》

黃小楨
《No Budget》

陳建年
《東清村 3 號》

胡德夫
《匆匆》

92914
《Sunset》

929
《929》

Mojave 3
《Ask Me Tomorrow》

Belle And Sebastian
《Fold Your Hands Child You Walk》

天塌下來還有一根梁

等當兵的日子，在百貨專櫃做兼職銷售，距離入伍不到半年的時間，原先住的頂樓套房沒辦法續租，幾個月的過渡期多虧有C收留，她平時工作忙，常不在家，願意把房間分給我住，協議房租對分，對當時的我可真是天大的恩惠。

我們的同居方式很有默契，若是她今天在，我就打地鋪。有時三更半夜回家不忍心搖醒我，便自個兒拿著枕頭棉被睡在沙發上，真的累到受不了，就擠在雙人床的一角捲著棉被，像剛出爐的牛角麵包，睡到打呼才發現她已經回來。要是醒來，我會讓出比較大的位置，幫她把身體拉正。

若兩個人都在，睡前會有一段枕邊時間，我跟她都不是喜歡張揚情緒的人，說交換心事太造作，比較像是傾倒壓在心底的破事。和誰曖昧，和誰又是逢場作戲，氣不過誰的矯情卻又莫可奈何，上至演藝圈，下至朋友圈，在這對枕頭上沒有祕密，大可放心說出真實的感覺，

她第一個發現我是（Pokemon）寶可夢的胖丁，聲音的音波具有催眠功效，聊到失去意識，再押後關掉夜燈。而我，則是唯一全程目睹過她的醉態，人格分裂成二十四個比利，先變成指定要看棒球比賽的黑道大哥，接著上場的是脆弱又自卑的小女孩，一個人蹲在廚房哭，好不容易抬到床上休息，沒過多久從房裡淒厲喊著：「水，給我水。」

急忙起身去拿水杯，一開門就被眼前的景象嚇壞了，披頭散髮的C活像是電影《熱帶魚》裡的文英阿姨，毛毯腳上一條，肩上也一條，一條人形巨蟒不停晃動著要水喝。一整晚我又擦吐又擦汗，到早上還不敢休息，深怕C有個三長兩短。每到

端午節我會用雄黃酒作哏，把這件事拿出來講一次，而C也甘願被一而再再而三地鞭屍，故事結局就是她把眼睛笑彎，吐著舌頭無辜地說：「我喝醉了，什麼都不記得。」

退伍後回到臺北，C找我一塊搬到更大的房子，同住一個屋簷下前前後後約莫五年，當中她談了一段長達三年的戀愛，多半時間住男友家。平時不太聯絡，但只要一封訊息：「你今天會在家嗎？」我就知道要等門，晚點回來肯定有話想說。後來我們決定分飛，最後一晚顧不得可惜的心情，徹夜未眠，天亮之前留下一張拍立得，上面寫著：「永遠的家人。」

有陣子，受不了朋友間的耳語，加上工作跟感情全然不順，常在家悶一整天，後來的新室友沒有像C那樣親密。不知道從哪聽到的消息，她從北京傳訊息問我在幹嘛，我馬上回撥電話反問：「妳怎麼不問我有沒有吃飯？」

她說：「你是全天下最不用擔心餓著的人，再難過也會記得吃三餐。」逗得我大笑出聲，將鬱悶原因娓娓道來。

「你這個人喔！就是太過惜情（臺語：重感情）。」她嘆了一口氣說。

一年通不上幾次電話，但每次都能聊到耳朵出汗，手機沒電還不肯掛斷。開頭一定是說：「天啊！我也太想你了。」仍然無話不說。陸續送走幾個共同朋友，和C似乎忙到沒時間陷入感傷。因為看對方苦過，我們有個默契是好好生活，認真工作，珍惜現有的一切，哪天要是不幸崩塌。當最後一根撐住對方的梁柱。這段感情很難定義，或許真像分開時說的，是那種沒有血緣的家人。

「今年過年會回來嗎？」

「店裡很忙，要隔離的話就不回去了。」

「對了，我去年搬家，現在自己住。」

「你一個人住負擔會不會很重？」

「不會啦！還應付得過去，妳要是放假回臺北可以來住我這，別忘記臺北還有個娘家。」

想起你的天空

「我一直很想拍一部愛情故事，一個簡簡單單的愛情故事。」導演張艾嘉在電影《心動》的片頭說道。其實，愛情的發生不都是簡單開始，複雜到難以收拾而結束。年輕時看《心動》，被浩君（金城武飾）跟小柔（梁詠琪飾）的虐戀給折騰得很慘，為成全對方的大好前程而毅然分手，獨自到日本生活的浩君，像被放逐一般。硬生生切開的初戀，一個十多歲的少年哪受得了，他總是一個人在天臺把玩吉他，拿相機拍天空，一直拍一直拍，無助的時候就對著鴿子說話，這是前半場電影最傷我的一段。

「這就是我想你的日子，把他全送給你。」

故事的最後，已是中年的浩君（戴立忍飾）在機場交給小柔（張艾嘉飾）一個木盒，兩人再一次別離。起飛前，小柔打開木盒，裡頭是一疊天空的照片，照片背後寫著日期、天氣跟零碎的情緒，最底層夾著一張中學生的大頭照，是最初的小柔，那個以為會天長地久的自己。都三十幾歲了，看到這一段始終沒能忍得住哭。

曾愛過一個人，也被狠狠傷過、痛過。剛斷開的那段日子很不好受，稍微安靜下來，就想到難過，在臉書開了小帳不停地上傳「想你的天空」，刻意把照片設定公開，期待著哪天有人發現。上班途中，車流湍急的仁愛路口；到墾丁出外景，面對著南灣的海；到北京出差，走過的E10登機門；下班後還不想回家，獨自坐在公司頂樓。

那些我所看過的天空，多希望有一條空橋讓心意連通。

就這樣過了半年、一年、三年、五年，直到去年重新登入這個帳號，點開曾想念某人的天空，竟然還有一點想哭，沒想到這幾十張照片連我自己都差點忘了。

二〇一一年跟莫文蔚合作拍攝封面，面對這好不容易的相遇太過興奮，忘記把收藏十幾年的電影畫冊帶來簽名。整齣戲我最喜歡陳莉這個角色，比起主角兩人淒美得標準的愛情故事，這條支線更有血肉。她嫉妒、她狂愛、她近乎病態地壓抑情感又止不住地噴發，深愛著小柔卻跟浩君結婚，無論如何努力，就是進入不了這段關係。

最後黯然退出，勉強維持著朋友關係，偶然在街上巧遇卻裝作不認識，拉著新對象往另一頭走遠。注定成為配角的宿命，不正是現實人生。

從前的我，在感情裡是個唯美主義者，如癡如醉地追求全然的美，接受不了自己不完美。會難過、會心碎，其實是過度執著於想要的結果，是不甘心啊。人海中不斷擦身，不過是一次次的無緣也無分，戒不掉觸景傷情，走著想著，有時候是一場戲，有時候貪心地要了一段未曾發生的過程，抬起頭望向同一片天，而我還是那個人，一個人。

一顆真心顫動了二十年，來到故事主角長大後的年紀，將愛情改口成感情，試著淡化過客加在心上的重量，用幾段足以熱淚盈眶的旋律提醒，不過是一段痕跡。

日文的片名取作「君のいた永遠」，意思是你永遠都在。即便看過不下數十遍，偶爾還會想再看一次《心動》。好好哭一場，痛快悼念一個曾經緊緊依偎的人，翻出那些不敢直視的合照、簡訊和有過的承諾，像一場追思會，也許在那個時空我們還在一起，但此時此刻能溫熱的，只剩桌上那杯快要涼掉的濃茶。

寫完這篇文章的隔天，意外地在早上八點醒來。窗外是平靜美好的白雲和藍天，我隨拍了一張天空，相隔九年再上傳到小帳將照片上鎖，設定成私密，這回是想起你，不再是想你。

輯五

愛你的人，愛你的靈魂

愛情會不會有、何時會來不知道，

但能夠心安，是單身的時日裡煉出來的，

留給未來的自己的寶物。

選擇單身不是心死，而是學會心安

連假回臺南的途中，早上七點多的高鐵，一上車先吃早餐，想再趁機補個眠。好友K難得早起，在限時動態發了一則意味不明的風景照，隨口說早，卻突然聊起感情，問我對婚姻的看法。單身七年持續累加中，這件事離我很遠，也沒有出現對象讓我得思考這件事，自然沒有太多想法。K有個交往多年的男友，會這樣問，猜想是罹患恐婚症，我一改滔滔不絕的論述氣勢，難得無感，口氣清淡地帶過。

她說我聽起來像是心死，再接著問：

「你覺得你有生之年，會遇到『可能的對象』出現嗎？」

「煩惱這件事沒有意義，去推測一件自己沒辦法控制的事，不就是自討苦吃？」

「你現在還是單身嗎？」

「我單身八年了。」

「你快樂嗎？」

「九〇％的快樂。」

「那你非單身的時候快樂嗎？」

「五〇％不快樂。」

婚與不婚，必須要跟另一方取得共識，單方面設定需要兩個人才能成立的關係，其實沒有意義。一不小心適應了獨居，慢慢發現生活裡有很多事不需要分享，或找誰一起做，平時我有很多交流情感的窗口，找到很舒服的生活方式，自處倒不怕，還怕人有心打擾。一〇％是偶發的生理需求，生理不單純是性愛，有時候生病也會想要有個伴，或一個可以信賴的對象能夠協助。

九〇％的快樂是日子流成涓涓細水，非單身的時候會接收到另一方的情緒，不論是好是壞。之所以設定在五〇％，是說有伴侶的狀態往往會有極大的快樂，也有極大的不快樂。以前很渴望感受那五〇％極大的快樂，最好像坐雲霄飛車越刺激越好，即使有五〇％的不快樂也願意承受。五五分的比例隨時間消長，成長讓我失去賭性，遊樂園好玩是好玩，但只有不用長大的小孩有資格佇足。

我要的生活是甘於九〇％的微小快樂，即便它有點淡，但無事就是好事。

「或許有朝一日，我能像你一樣。」

「可能我有更想專注的事，不是人。」

「像是什麼呢？」

「階段目標啊，我的人生清單似乎沒有哪一項是需要和別人一起完成，可能個性比較自我，追求無人叨擾。」

「威廉，我其實很羨慕你。」

「為什麼要羨慕別人？」

選擇單身不等於恐婚或不婚，未嘗不期待出現合適的對象一起生活，但好像越著急就偏要離你越遠。煩惱一堆、設定一堆，到頭來還是什麼都沒有，不如過得好一點、體面一點，富足且舒服的活著。就算一個人看電影、一個人吃大餐、一個人開酒喝，在大雷雨的夜裡一個人睡都不感到害怕，寧願自己好好享受，也不要勉強為另一個人遷就。

單身是一種心理狀態，得想方法適應它，不願為誰付出並不算自私。有個對象能依賴是幸福，不需要賴著誰，能夠自理生活可是比幸福還值得說嘴。每個人的人生走法不同，愛情會不會有、何時會來不知道，與其積極找人作伴，我殷殷期盼三十年後身體依然硬朗，不麻煩到別人，其餘的盡可能隨心隨意，不管到哪都能安於當下。

能夠心安，是單身的時日裡煉出來的，留給未來的自己的寶物。

別在不愛你的人面前哭

提前退役之後，沒有在臺南稍作停留，很快回到熟悉的臺北生活，進入一家剛創刊不久的雜誌社工作，公司地點在王朝大飯店附近，雖然住在不遠的東區，但為了多睡幾分鐘，還是每天騎機車上下班。早上九點多要在市區找到停車格得靠運氣，非得施以蠻力騰出縫隙，心懷歉意地挪移別人停妥的機車，折騰下來也得耗上一、二十分鐘，其實也沒快到哪去。

媒體業的節奏緊湊，蜜月期只有報到的前三天。認識完新同事跟環境，我回座位寫完一封朝氣勃勃的報到信。在前公司被出賣的陰影還罩在頭頂，結束一段身心療養，要如何跟殘酷社會打交道，還沒有明確想法。婉拒了同事的午餐邀約，徒步到環亞百貨旁的 IKEA 餐廳，重返職場的第一天，想吞幾顆熟悉的肉丸定定心，最後以灑滿肉桂粉的蘋果蛋糕作結再好不過。

午休時間還剩半小時，我走進賣場區消磨時間，想順便添購新家的日用品，提著藍色塑料袋四處翻找，很難不失去方向。幸虧 IKEA 店員很好認，合身的黃色休閒衫配黑色工作褲，正當抬頭要問收銀臺在哪，發現這人的側臉有點熟悉，趕緊假裝東看西看，就是不讓他知道我在偷看。

兩眼快速掃瞄四周的逃生路線，無論怎麼繞都會經過這個人，沿路把準備結帳的東西放回去，借用糖果屋男孩的小聰明，回到一開始來的餐廳，從另一個出口倉皇離開。走回公司，趕緊傳訊息問共同好友 B。

「我剛剛在 IKEA 看到很像 K 的人。」

「對啊，K 在那裡上班。」

「可以幫我帶話嗎？如果他在臺北需要什麼幫助，可以隨時跟我聯絡。」

「我下次碰到幫你說。」

和Ｋ的關係結束，是在一次失控的場面。交往時期的我們時常吵架，計較誰付出得比較多，包容得少；在意跟誰最近變得要好，才讓說好的事沒有辦到。其實兩個人都任性，若有一方的口氣稍有不耐煩，氣話撂得一次比一次狠，冷戰個幾天已經變成習慣。寒假快結束的前幾天又發生口角，這回我語帶威脅。

「不然分手好了，感覺你也很不快樂。」

「要分就分啊，是你自己說的。」

以為又是一次可以和好的爭吵，下週就是情人節，打算給Ｋ一個驚喜，特地前一天搭夜間巴士離開臺南，冬天清晨騎車特別凍，載著幾十斤重的行李，再從轉運站騎摩托車回到學校附近的住處。推開門，發現他的鞋擺在隔壁房門口。我愣了一下，想不起哪次放在我家沒有帶走。扯掉皮手套輕敲房門，身體還有點顫抖，前來應門的是室友，身後的單人床是熟睡的Ｋ，看到眼前的景象，手裡那串鑰匙差點握不住。

「他怎麼會在你房間。」

「你們不是分手了？」

我一時語塞，退回自己房間，不過，這僅是痛苦的開端。依稀聽見隔壁在聊天、嬉鬧、換衣服、出門，而我躺在床上一動也不動，整個人恍恍惚惚，不知道該如何過完那一天。深夜悄悄出門，拿了整間店最烈的酒去結帳，獨自坐在便利商店門口，一口一口地灌完。回家路上跌跌撞撞，這幾百公尺的距離就是到不了，好幾次站不起來乾脆蹲在地上，抱著膝蓋靜靜地哭。

等到稍微清醒，頭一個念頭就想當面問清楚，這到底是怎麼回事，鼓起一身酒氣再敲一次隔壁房門，沒料到來應門的是K的冷漠表情。

止不住滿腹委屈，邊哭邊說：「我做錯什麼事，你要這樣對我。」他猛力把我推到門外，把門闔上，當下混亂到不知所措，於是雙腳一彎，跪在房門口說：「我求你跟我解釋好嗎？求求你。」

從房門口到家門口不過幾步，卻異常漫長。有大半年的時間K還持續出現，成為室友的新對象。回想起來，我的行為還真是不折不扣的死纏爛打，當時懷抱著復合的希望，錯了肯改，就算沒錯也願意讓，可惜為時已晚。

很少寫自己的感情故事，總覺得像我這種人，沒有穩定對象，也沒有一次戀愛稱得上完整。就算會寫幾個字，仍不具資格說三道四，遑論要跳出來指導別人如何去愛，愛到無法抽身又該怎麼辦。不過，每次只要聊到年輕不懂事，我一定會重提這段窩囊到底的往事。

偶爾運氣來了，有個人願意忍耐古怪脾氣，縱使愛得再深，一旦太耗心力，開始會知道要收，留一點餘地。離開一段感情時，腰桿要挺直，走到對方看不見的地方再放聲大哭，最後一幕的姿態很重要，彼此的記憶裡一定會有當初分開的模樣。

幾年後，我再度問起。

「K 最近過得怎樣？」

「都這麼多年了，你就別再自討沒趣。」

「就想關心一下嘛。」

「老實說，上次他有回我訊息。」

「他說什麼？」

「他說請你不要再騷擾他，是騷擾喔，不是打擾。」

名爲傾城之魅

平時我的香水會放在白色四格櫃的最上面兩層，一層春夏，一層秋冬，粗略地以季節分類。常噴的幾罐擺在前面，排列得散落歪斜，或許那根本也稱不上排列。拿起來跟放回去都不會在同個位置，要用時卻找不到，在家追著自己的尾巴跑，是生活情趣之一。

若在別人家看到同款香水，被供在需要仰望的位置，心裡難免愧疚，不過就僅止當下而已。畢竟用物觀念不同，我視香水為耗品，東西買來就是要用，從不主動說收藏。櫃子角落，有一罐黑色圓柱狀的行動香水，是領我入門的 Chanel（香奈兒）Allure Homme Sport。

它上市的隔一年，宣傳聲勢仍是鋪天蓋地，由傳奇攝影師 Patrick Demarchelier 掌鏡拍攝，那張很難不多看兩眼的黑白廣告片，找來聲勢頂天的西班牙模特兒 Andrés Velencoso Segura，他裸著上身攀附船索，微溼的髮絲遮不住足以穿透慾望的眼神，銀色的香水瓶壓不住一叢旺盛的雄性特徵。

當時還是個蹲南陽街的大四學生，上課托腮轉筆桿，下課排便當買珍奶，走近百貨公司的專櫃，怯生生地連試聞都不敢問。鄰座的同學 T 打扮總是入時，身上散發一股絲滑精緻的香氣，在酸腐交雜的補習班教室很難不顯眼。某天，我終於忍不住問：「你身上是什麼味道？很好聞。」

「香奈兒最新的男香。」那飄動的瀏海跟淺淺笑容，是水手出海的威風。

他從包包裡拿出外觀時髦的黑色棒狀物，以轉口紅手勢將噴頭推出，拉起我的左手朝腕間一噴，灰姑娘穿著玻璃鞋在皇室舞會登場，那瞬間的美好令我鬼迷心竅。連摩托車的機油耗盡都死撐不換的窮學生，竟然可以牙一咬心一橫，買下一組要價兩千多塊的行動香水。

通常只有在狩獵場合才捨得噴，例如，跟網友見面，或是有機會認識新對象的聚會。經歷幾段不成形的感情後我支離破碎，陷入一段瘋狂想要感受愛的迷亂期。我風流，我倜儻，我不輕易給承諾，抱持著早晚要分的心態，像中了咒語似的，總在確認關係之前縮回簡陋陰暗的心房。

愛情不是消耗，它是奢侈的，是獨一無二的。

當我開始有了一點經濟能力，香水數量多到足以揮霍度日，這款香水也就慢慢退下。十幾年過去，那清新開頭、微溫收尾的木質香還沒退流行，但我幾乎不再穿它出門，不是不喜歡，而是有更喜歡的出現，並且不斷出現。曾是癡迷純愛電影的少年，突然老成了二十歲，看文藝片很容易出戲，不相信故事可能成真，不是冷血，而是看多也看透了。

受害者如果沒被妥善治癒，終有一天會變成加害者。

疫情升級後必須長時間待在家，有時一陣孤寂來襲，想起幾段無疾而終的曖昧，突然覺得這些年，始終沒有好好向對方說明原因，當初為何落荒而逃。到後來總認定過得不好是現世報，而且多數人還保有往來，願意與我理性共存，一想到這裡，一股歉意瘀在心臟快要喘不過氣。

一個晚上發出好幾封訊息，最後只收到兩個人回應。A說：「現在聊這個也太突然。」婉轉地請我別逼著他一起回憶。E比較常聊天，但也對突如其來的談心時間感到措手不及。

「都那麼久的事了。」

「你怎麼會想繼續跟我當朋友？」

「因為你是一個很好的朋友，而且敢承認自己很糟糕，已經比很多人都好了。」

「我最糟糕的是明知故犯，沒人主動關心，真心喜歡的人不敢靠近。這陣子常在想自己會不會孤老終身。」
「你有覺得一個人不好嗎？」
「大多時候沒有。」
「這就是重點，等你確定想要，到時候勇敢一點就好。」
「其實我還是有一點陰影。」
「不用去管前面發生什麼事，那些人怎麼覺得，當你遇到下一個人，全心全意對他好就好。」

像在談戀愛的人一樣

比起小說，我更喜歡村上春樹先生的短文，文字一矢中的，沒有蔓延到不可收拾的情感。讀起來很過癮，就像《村上收音機》系列，他步出文學家的高塔，坐在公園椅書寫人過中年的生活體悟。可一讀再讀的部分很多，五十多歲的男子談起橫流的愛慾，激情與平靜，掙脫枷鎖後的文雅自嘲，竟如此舒服自在。油膩免不了還是有，像抹在烤土司上薄薄的乳瑪琳，不可能拒絕得了這股香氣。

或許是年紀的大數據推播，最近很常看到以「像個大人」為開頭的句型，出現在歌詞裡、雞湯文裡、廣告的文案裡。成熟與否，光從外觀無法判別。而所謂心智年齡也是一種虛無飄渺，各說各話的量度。我會觀察一個人如何處理慾望，這比處事更細膩，然而所有慾望之中，就數愛慾最難直視，想愛人或被愛的衝動，哪有可能只想要得到那麼簡單，沾到最私密的性，難免糾纏。

此刻打算獨自生活，關於愛的需求早已調適成不強求，但還不到圓寂之時，終究我的肉身尚未衰老，體內的星火時不時會燎成一團烈焰，一個不留神就被燒成一顆巨大的舍利子。跟幾個單身朋友有共識，若多了另外一個人的生活沒有比較好，寧可維持現狀，只要過得充實自在，寂寞並非常態。

愛，是一段感情的發生；慾，是滿足也是渴求，那性呢？既然屋裡沒人，何不大大方方地攤開檢視，仔細釐清這發燙的感覺從何而來。性跟愛很難不單獨出現，沒有愛的人老得特別快，要定期約會維持心跳，偶爾野食也是必要，這年代的人幸運多了，從它萌生之時就被引導著、摸索著，每當滑著交友軟體，慶幸也感嘆，原來有那麼多人同樣等著被需要啊。

歲月是橫式閱讀，起點在左，向右的符號是漸弱，慢慢流向終點的無。終究我們會清心寡慾，而性，就顯得更加珍貴，不該只是一團用過的衛生紙。

我鼓勵有固定性伴侶，它的作用像私人廚師，能客製化最合胃口的料理。但某個時間過後會發現食量慢慢變小，高規格的配備似乎太奢侈，平時自己下廚，粗茶淡飯也能度日。偶爾嘴饞就叫外送，想要享受怎樣的性，我想這件難得的好事應該被處理得更精緻，目的更加明確。

多數人對性的想望很純粹，但過程的激烈或溫柔會因人設事。有時就想要很不堪的衝撞，出自於獸性的本能；有時會很想感受被臂膀緊摟，什麼也不做就輕輕吻著、廝磨著。尊重對方在身體上的規矩，不管是外帶或內用，用餐時間總是有限，但我不建議過夜，必須清楚界線在哪，會出亂子多半是想要停留。

滾床的對象必須有一定程度的欣賞，這邊單純討論臉跟身體，要對眼也要對味。想和另一個人進展到什麼程度，嗅覺會引導你，有些味道註定性感。最完美的觸碰，不是各取所需，而是互相需要，兩人的肌膚一寸一寸印在一起，一起灼熱的感覺可遇不可求。

有時原則會鬆綁，可能被突如其來的貼心舉止打動，抑或某一瞬間的笑容讓人暈眩，忘記切到聖人模式，意外地自然睡著。隔天起床的梳洗簡單自然，一起點麥當勞的經典早餐，飲料換成玉米湯，打開餐盒，看見身旁的人和我一樣，把薯餅夾進滿福堡吃掉。

離開前的擁抱與親吻，到家後知道要發一條報平安的訊息。我坐在剛才有人的沙發上，收音機裡傳來村上春樹的低喃：「像在談戀愛的人一樣。」

凋謝的花
有滄海桑田的美

「還記得年少時的夢嗎？像朵永遠不凋謝的花。」

有幾首歌只要前奏響起，我便會不自主地安靜下來，就像李宗盛唱過的《愛的代價》。這首歌曾是他二〇〇六年音樂會的壓軸曲目，偶爾當作背景音樂重複播放，靠在床頭整理過往的感情事。從前喜歡那句：「人總要學著自己長大。」慢慢地，我唱得出傷心流淚，也有過黯然心碎的時候，泣不成聲地認了是愛的代價。

年少時總傾注全力去愛，走著走著，進到更大的池子才知道沒有非誰不可。幸運的人生早早完整，運氣沒那麼好的，還是一個人且滿身傷痕，孱弱不全然是老了，是怕了。驀然回首，是盛開的愛情令歲月蜿流成金，美好的感覺又近又遠，像一場夢。而夢裡的那人永遠年輕，就像一朵永不凋謝的花。

鮮花之所以珍貴，因為嬌豔。

嬌是被呵護的感覺，小王子所珍愛的玫瑰，是他放在罩子裡的，是他拿屏風保護的，是他細心除掉毛毛蟲的。自怨自艾，自吹自擂，甚至沉默不語都願意傾聽。鮮花再艷也艷不過七天，多少才子歌詠它綻放時的美，亦有美人自憐以埋葬作為隱喻，但可曾有人端詳過、在意過花朵凋謝後的傲然姿態。

工作不忙的時候，我會搭公車到附近的內湖花市採買切花，固定買兩束百合供佛，額外再挑兩束鮮花擺在家裡。白的放玄關顯得環境清高，床頭櫃上的一束最好偏紅、偏粉期待招來好人緣。

四季之中，以春天的花市最熱鬧，時常暈頭轉向，這個也想買，那個也想買，通

經歷了滄海桑田，乾花不再是乾花，
它新的身分是藝術品，
更是全世界只有一件的珍品。

通帶回家發現沒那麼多花器可插。進入秋冬轉為留心菊科，花形圓潤可愛，顏色多變，時常出現沒見識過的嬌客。我迷戀莖梗長的顯花植物，特別是白瓣黃蕊的鳶尾跟小蒼蘭，葉型扁長，開出的花卓然不群，單獨一支就很美。

星期一早上是進貨日，除了產地直送的新鮮，亦有進口品種的新奇，只要不是貴得太離譜，還是會以長相為主。鮮花的價格是浮動的，含苞的比開好的貴，花開過後即將迎來花謝。嗜撿便宜的客人通常出現在星期六，剩不到三天的花期，只好半買半相送。

若能做成乾花，則不太容易掉價，有些熱門花種甚至更貴，這幾年鮮花不是唯一的審美標準，人們懂得欣賞遲暮之美，乾燥花束的蒼黃色調不失為一種文藝氣息。以為乾燥花不過就是讓花朵自然風乾，幾經實驗，要蔭出好看的花色得控制溼度，並非所有品種都能枯成一身仙風道骨。草本植物的莖容易潰爛，水分一流失會偏軟，乾燥倒吊法不難，要是捆成一束便容易發霉，通常花市賣的花是一把十支，我得拉一排長夾，像在暗房沖洗照片般分別晾乾。

鮮花和乾花同樣得來不易，但以風水玄學的觀點，枯死的植物代表穢氣，保存得好不代表獲得永生。靈機一動，想到以乾花作為媒材，買好畫布跟壓克力顏料，保留自然的線條跟色澤，周圍漫出和諧的色塊，花形要完整，枝幹必須流暢，十枝只有一到兩枝可以拿來作畫，其餘得全部淘汰。

經歷了滄海桑田，乾花不再是乾花，它新的身分是藝術品，更是全世界只有一件的珍品，得要有點眼界才知如何欣賞，價值憑身處的境界來論定。

貓式社交

養貓人的心最孤獨，但也安於孤獨。

這是我從他們身上觀察到的心理狀態，貓其實是傾向於獨居的動物，生物學家說過，現代的貓已具備和同類生活的能力，但以習性來看，即便共處一室，最好是相隔一公尺以上的距離，他們才不會感到壓力。貓是優雅的，除非遇到危險會做出本能防禦，大多時間是慵懶過日，總是獨來獨往，不喜歡被打擾，更不會想和誰黏在一起。偶爾有親人行為，那也僅是「貓式社交」。

而我，對朋友總是有莫名的服務精神，找話題、找樂趣、找餐廳、找資源，趴在地上挖掘讓人快樂的事物。記得每個人的喜好，逢年過節不忘問候，交情再好一點的，便施展愛屋及烏的情操，面子盡可能做到，當個最稱職的朋友。

就算忙到不開交，仍會留意周遭細微的情緒變化，需要傾聽的時候，我總是全天候待命，有能力施予的，就盡可能地給。任務圓滿之後，撥弄頭髮、輕撫臉頰、拍拍背膀，甚至搭著肩，擁抱我，讚美我，還會再需要我，像一隻忠犬臣服於和同伴的感情。

這年頭要見朋友一面可得乘風破浪，感情越久越難約，要把幾個老同事或老同學湊在一起，不能太晚決定，也不太早說好，一個月前的時間剛剛好。一定會有個人起頭在群組嚷嚷著想念，其他人附和應聲。馬上打開行事曆對時間是成年人的誠意，對吃向來很有主見，找飯是我的工作，彼此都熟，這類型的聚會一定得攜家帶眷，想都不用想，直接找親子餐廳，吃什麼不重要，重要的是和誰吃。

「訂位大名是曾先生，一共是八大三小，到時幫你安排十人座的位置，加個椅子可能會擠一點。」

接近用餐日我會做行前提醒，赴約前一小時才是重頭戲，以下是幾個常見的不克出席的原因：帶生病的小孩去看醫生，怕傳染給別人；臨時被老闆抓去開會，困在公司沒辦法離開；忘記今天有約，已經有其他安排臨時推不掉。種種苦衷我都明白，無論理由正當與否，也會知道體諒。

面對變卦我顯得老神在在，早就做好突然取消的心理準備，對忙碌的現代人來說，說到做到似乎是僅次於生兒育女的壓力。每次有類似的聚會我一定排除萬難，以多數人的意見為主，必須連絡店家取消訂位，同時還得臨時找其他餐廳，夠瞭解我的人已經預想到震怒、崩潰，以及失望的三段式變速噴發，於心有愧地打來想要解釋，我的口氣很常造成對方更深層的恐懼。

「不要有壓力喔，我是真的無所謂。」怕被誤會，還特別加了「喔」。

不是不當回事，而是生活裡有太多比聯絡感情更重要的事，就算同屬舊識，這圈肯定有分層分級，追究到最後，摸透自己在別人心裡的排序，答案太過真實反而沒勇氣直視。我很清楚，感情再怎麼好，終究不是別人的第一順位，承諾很美，但是參考就好。

我的靈魂是一隻狗，只要答應好的事就會努力辦到，那些口口聲聲說愛我的人，就算沒有指令也會一生守護。但我很羨慕朋友的貓，貓跟人的互動是最高等級的社交技巧，和他們學習不要討好，心情好就撒個嬌，愛理不理的態度從不招怨，飼主甘心為僕，甚至為自己取了可愛的名字叫貓奴。

貓眼裡的孤獨，不過是一種姿態，那些定見，就只是看到的人在大驚小怪罷了。

唯有白色襯衫最百搭

對時裝產生興趣，絕大部分原因是大學時期一幫外校的朋友全是服裝科系。起初交集不多，我常介紹同學去當模特兒，每當畢業展或校內展求模若渴，認識或不認識的都會來請我幫忙，因此熱絡。放學沒事就去工作室探班，看朋友們車衣服趕作業，腳踩縫紉機、手拿鹹酥雞，不相干的八卦可以聽一整夜。跟著這幫人走，我的品味踩高兩階，開始翻起時尚雜誌，留意服裝搭配的細節，伴讀兼偷師。

當初無心插枝，卻長成一片柳樹林，偷著偷著，竟然出師，畢業後以此為業。談起搭配技巧，我算是被動修煉。前後待過好幾本男性雜誌，主導內頁的穿搭單元，時尚的穿法複雜也簡單，最好有點不合理，滿街跑的打扮可是會被主編說：「這

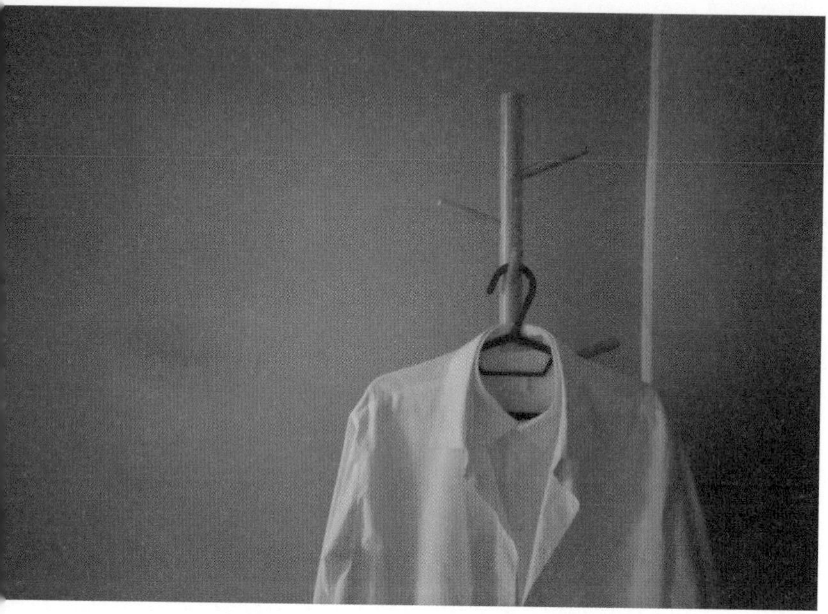

Shirt / dleet

如果眞可以當一件白襯衫，
請確保我是百分之百純棉。

還需要你介紹啊？重拍！」

擔心被退稿，習慣在拍攝時備一件襯衫做微調。眾多單品之中，唯有它能貫徹加一法則，多搭一件，可以讓造型的層次更豐富，無論休閒或正裝皆能輕易融入。其中又以白色的長袖襯衫最為百搭，配西裝外套可以英挺，配休閒夾克可以瀟灑，配針織毛衣可以儒雅，甚至是改變既定的穿法，披在肩上、綁在腰上，怎麼變都好看。

白襯衫雖然好搭，但和其他日常衣物相比，確實比較難搞，它的平整全憑自律，必須順著縫線熨才能夠挺，有時候想起來還挺傲嬌的，可是這嚴以律己的態度，不得不服。說到清潔，其實也不容易，不是丟進去洗衣機攪一攪，隨手晾起來就行，小髒污可以局部手洗，穿個兩三次就得送洗。

不過它夠乾脆，沒有上衣那種難分難捨的糾纏，離開時還抹你滿臉。也不像毛衣單穿會扎皮膚，雖然純白不易維持，穿的當下很難不優雅，擔心弄髒不是壞事，更能引起愛物、惜物的使用原則。保持乾淨體面才稱得上質感，配得起百搭款的稱號。

上個月，以前的同行 S 約我吃飯，赴約之前不曉得有誰出席，八個人坐在一張長桌，講話得用喊的。席間聊起跟服裝系的淵源，坐在對面的 N 是同一屆畢業生，大膽推測我們在學校曾有交集，左邊最角落的 R 搖搖手說見過我，定睛一看。

「我記得你，你是 J 的朋友！好久不見，你換了髮型，我一時之間沒認出來。」

「原來你還記得我。」

S 忍不住說：「這下不用我介紹了，整桌你認識超過一半。」類似的對話常常有，朋友說我這張臉，和誰同框都不覺得奇怪。每當看到有人形容自己來自某某圈，心裡其實蠻羨慕的，仔細想想，我好像不屬於任何圈，所擁有的就是腰上的游泳圈，偶爾大、偶爾小。

我在工作上被冠以自由人身分，也是自在來去，活成一個存在什麼圈子都不違和的人。

只要我想，單穿或多層次都可以，開一顆釦走進正式場合，開兩顆釦符合輕鬆氣氛，開三顆釦正值酒酣耳熱，一旦胸前的釦子全開，就得看當時是黑夜或白晝。

即便隔著一面螢幕，化成幾張照片跟文字，笑聲仍可以流動在同異溫層之間。

如果真可以當一件白襯衫，請確保我是百分之百純棉。雖沒有麻料的透氣，但也不屈就起皺，混著聚酯纖維而變得悶不通風，觸感要好，紡紗不得少於100支。

相差三十歲的游泳池之友

通常有兩種情況，我不會主動打招呼，還會盡量避免對到眼。首先，是在男廁，非不得已才會使用小便斗，這也算休息時間，不想被閒雜人等打擾，需要有專屬包廂。常在公司廁所遇到同事，聊也不是，不聊也不是，加上容易緊張，反映在生理狀態，表面輕鬆自然，其實腋下早已氾濫兩片汪洋。最怕正要小便還得忙著想話題，怕尷尬，同時還得醞釀便意、管理表情，分一點內力止住舒坦的喘息。

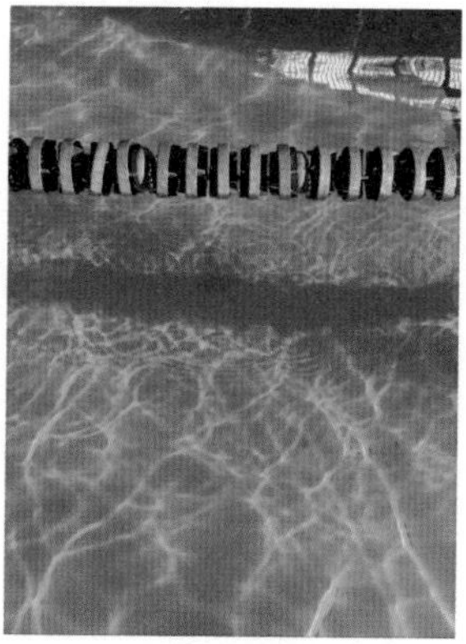

另外一種情況，是需要坦誠相見的場所。我屬於得要穿衣服修飾的身材，歸在家醜的一部分，無論再怎麼熱也不打赤膊，除非泡在水裡就會自在很多。平日的閉館前一小時是我的游泳時段，淋浴間幾位白髮老翁裸身交談，像熟人一般，唯獨我沒跟任何人對到眼，打開布包抽出泳褲、蛙鏡跟泳帽，耳朵調頻里民頻道，竊聽到有點駭人的話題。

「好久沒看張先生。」

「哪位張先生？」

「在獅子會當會長那位張先生啊。」

「聽說走了。」

「唉呀，我們這把年紀真是見一次少一次。」

夏天熱到受不了，直奔泳池是最爽快的決定，七分乾的頭髮迎著午後微風，腦蓋隨即降溫三度，散步到附近的檳榔攤買一瓶祖傳的青草茶，足以逼退嚇人的暑意。

平時是手腳俐落的老闆娘，那天卻是嚼著荖葉的大叔，嗓音厚實有些面善：「少年仔，你今天有去游泳喔？」以為是臉上的泳鏡痕露了餡，沒想到他卻記得我也是「打烊班」，習慣趕在關門前去游泳，原來檳榔攤的老闆也是那些熟齡裸男其中之一。

過沒幾天再去游泳，果真遇見老闆，在那裡還是叫他老闆，也因為這短暫交談，跟一旁幾個熟面孔有了對話的機會，慢慢可以噓寒問暖。多數時候我仍是聽眾，當一群長輩自嘲著每天都在等死，實在不好插上話。有時成為時事觀點的受訪者，代表另外一個世代的意見，換衣服時總鬧哄哄的，因此我也不再下意識遮掩身體，大方擁抱周圍居民的熱情。

稱不上泳伴，但我們是千真萬確的游泳池之友。總是隻身前往，用不著特別約，只要在差不多的時段下水，待會就會見到，一個禮拜至少見個兩三次面，多少還是有感情。疫情關係，游泳池關閉了大半年，掂記脖子掛條溼毛巾的泳友，可惜這個夏天沒再踏進泳池半步，能不出門就不出門，寒冬欲來，要再見上一面肯定是來年春天的事。

入秋的氣溫多變，好不容易等到內用規定鬆綁，難得能坐在小店裡好好扒一碗滷肉飯，喝現煮的豬肝清湯，大口大口吃滷菜。前天冷氣團剛過，又是接近三十度的大太陽，飯後想來幾口涼茶壓制火氣，發現老闆的檳榔攤正在改裝，從門口的兩口鐵灶研判要改賣小吃。

正當失望地準備離開，有人從一側喊著：「少年仔，你在找什麼？」

「老闆是我啦！你不做了喔？」

「是你喔！口罩都遮住了，我一時之間認不出來。檳榔不賣了，接下來要租給別人做吃的。」

「還有青草茶嗎？」

「有啊！無糖一罐？」老闆手指比一。

在三坪不到的店面門口聊了好一會兒，知道最初他以賣青草茶維生，檳榔攤是後來才開，主要是太太在經營。無奈生意受到疫情影響，加上自己也六十幾歲，到了退休年紀，不想再那麼忙，乾脆就頂讓給朋友做點小生意。

「你還會去游泳嗎？」

「今年我不敢去，老人家性命要顧。」

「也對，明年應該會好一點。」

「我還是有賣青草茶，只是冰箱擺在後面，前面租給別人而已，你路過的時候要喊大聲一點。」

我懂奶奶的快樂

爺爺過世沒多久，奶奶獨自生活了一段時日，父執輩擔心她無依無靠，所幸隔壁住著大姑一家人，起居還算有個照應。

臺南的北門靠海，有望也望不盡的蚵棚跟魚塭，以虱目魚為大宗，周圍的地質鹹澀，盛產紅蔥頭跟大蒜。雖然兒孫早已開枝散葉，前後搬離土角厝，但她還是維持一次買足一家子份量的習慣，在漁獲跟農產品收成的季節，只要一通電話，兒女們就得派一位回鄉下充當送貨司機。

奶奶一出手，便知有沒有。鮮魚是一家一簍，七個子女一共七簍，記得二兒子的二兒子（我）愛吃魚，就會多給一點。向農家收購現拔的成袋大蒜，一個網袋三十斤重，也是人人有份。我特別惦記中秋前後是盛產牡蠣的季節，風雨少，蚵就肥，滿心期待她會做拿手的蚵仔碗粿，可惜那年卻沒有口福。

切丁的紅蔥頭拌炒鮮蚵，摻著海風的鹹香是絕無僅有的北門滋味。整個村莊，也就只有我家奶奶會做。前一夜泡軟在來生米，隔天放到機器磨成粉漿，炊粿得用大灶的柴火燒，碗粿要好吃，口感可不能軟糯。她的祕訣是在半熟狀態掀起鍋蓋並攪動餡料，讓粿體的結構重組，熟度均勻，蒸出來的粿細綿有彈性，放涼之後冰在冰箱好幾個晚上再熱來吃，依舊能有濃濃米香迎面而來。以當時我一名國小三年級的男童食量，一餐可以吃掉三個。

我問奶奶，怎麼不做蚵粿，她說今年的蚵仔足水（臺語：很漂亮），內行人會煮湯或炒來吃，拿來做碗粿太浪費。會想到加工做成其他料理，全因為那年風大雨大，蚵身瘦小，銷不出去，曬乾也沒人要，只好施以主婦魔法，巧手炊粿，一方面也是為了容易保存。

幾天後，叔叔的車停在我家門口，抱著紙箱走進來。

「二嫂，阿母仔說這些碗粿是要給你們的。」

「唉喲！怎麼那麼多。」

「車上還有。」

奶奶疼孫的心意將一臺四門小客車塞得密密實實，連後座都不放過，裝碗粿的容器不只有白瓷碗，還有大大小小的湯碗，開牡丹花的，印著福的，缺掉一小角的，我猜連大姑家的碗盆全都用上了。我家是最後一站，沒辦法想像叔叔這臺碗粿車剛出發時，車裡的海味會有多濃。

母親總說，若每次有好吃的，我就變得很大心肝（臺語：貪心、很有野心），其實是被奶奶慣壞。胃口一直都是，但沒想到做菜態度也是，用兩尺的老鋁盆燒一鍋吳郭魚的氣勢，我盡得真傳。老實說，我永遠都抓不準一個人吃飯的量，那天突然想吃咖哩飯，一早到市場採買，三個洋蔥、兩條胡蘿蔔、三隻帶骨的全腿、一袋馬鈴薯、一顆蘋果跟一包咖哩塊。

切完洋蔥，一個小湯鍋裝不下，備完全部的料發現，這些是給一個班吃的十人份量。最後煮出整整兩大鍋咖哩，覺得這一切太過荒謬，立刻發照片到社群上自嘲。居然收到很多回覆說看起來很厲害，確實，我對自己的廚藝還有點信心，但這兩鍋得照三餐吃，吃半個月才吃得完。靈機一動，想到分食給住附近，或是腸胃強健的朋友，收到好評之後廚師魂正式爆發，接著還做了滷肉跟烏魚子炒飯。說實在的，一次翻炒八人份的料理很過癮，看來我終於懂了奶奶當時的快樂。

吃完碗粿過沒多久，她身體開始出毛病，原本就是三高族群得常跑醫院拿藥，加上輕微中風，幾個孩子工作忙，沒辦法老是回鄉下載她回診，為了就近照顧，奶奶便開始「輪伙頭」[3]的日子，一只碎花提包裝著五顏六色的藥丸和七上八下的心

註

3. 父母定期到已婚的兒子家搭伙，亦是一種輪流扶養的模式。

情。每天坐在門口等孫子放學，等人來載，等哪一天可以回家，以她那放棄反抗的平靜表情。

我常在想，如果奶奶夠健康，身體會不會就此自由。

那場
我以爲不會散的聚會

失聯好幾年的S悄然出現，我們的互動淡到只剩社群上的偶爾關心，不知從何開始，他開始鑽研做菜、煲湯、烤點心，時不時秀出一桌手路菜。廚藝越演越烈，一碗牛肉麵可以從前一晚用新鮮蔬果慢煨，光從照片就可以感受到肉塊的彈牙軟嫩。看得我口水直流，忍不住回說：「看起來好好吃。」

覬覦好手藝，其實也想念好久不見的他，試探性地問：「最近我剛搬新家，找時間來吃飯。」他爽快回應：「好啊！什麼時候？」兩個人聊得起勁，我說：「你記得有一次我抱了一個大西瓜回家，你負責切給大家吃，用完刀子沒放好，我用手去接。」他立刻說：「我記得啊，結果你大拇指就流血，差點發生命案。」

「還真想念那時候的我們，還是我問大家要不要一起來？」

「可以啊。」

「你不尷尬嗎？」

「要尷尬什麼？」

那個「大家」，已是歷史名詞，簡單兩個字卻有著錯綜複雜的情感脈絡，雖不至於可歌可泣，但一定稱得上愛恨交織。雖然各自淺淺聯絡，但一群人同聚的畫面定格在十年前，後來因為一連串的感情糾葛不得不散。

對於出席，我實在不抱期待，但還是想問問看，發出十則罐頭訊息，居然有八個人應好。一一對好時間，發出久違的通告，遊戲規則是一人帶一支酒，席開兩鍋，到時候來就有得吃。還特地因此回臺南老家，打開封口的紙箱，找到以前拍的拍立得照片，整整一盒至少有四、五十張，想給大家一個驚喜。

家住最近的 C 提前兩個小時到，拾起十多年前的自己，我們笑到不行，幾乎每張

照片背後都有殘膠，她記得我舊家房間的那面牆，這些笑臉、醜臉、胡鬧的表情原本都黏在一起，如今卻被塵封深處，好似見不得光。我們倆決定把照片貼在進門就看得的地方，將回憶復刻得徹底一點。

沒多久後，照片裡的面孔陸續出現，一開門客氣得可以，目光飄到熟悉的照片牆，笑聲總算接回當年的頻率。眾人擠在一塊不斷指指點點，對每一張拍立得如數家珍，時空背景、拍攝者、旁邊是誰，當天發生的趣事，說的妙言妙語可都記得清清楚楚。

顧不得還沒到的人，鍋蓋一掀，我們圍著翻騰的白煙，蓋起當初的海市蜃樓，如夢似幻的是喚不回的那年時光。我提議跟移居澳洲的J連線，抓緊三小時的時差，好不容易等到回應，趕緊開筆電開視訊，一格是剛洗完澡，正準備入睡的素顏女子，另一格擠滿猙獰的人臉搶著搭話。

「我他媽的，真的超想你們。」J第一句話就說。

手涮肉，嘴讀秒，視線就是離不開桌上的話題，食物囫圇地滾進喉嚨，老友們帶來的伴手禮，最後只喝了兩瓶，光是憶當年就來不及，誰都沒打算不清醒。想再像以前聊一整晚，打地鋪看電影看到睡著，還沒開口，就有人說明天要上班必須先走。我把貪念吞進喉嚨，再反芻出：「好啊！時候也不早了。」

「我們大家幫你收一收。」洗碗、擦桌子、清廚餘、垃圾分類，碎念著食物太多，相處不夠，太美好的事容易上癮，從依賴變成獨立生活，撕裂般的痛不願再受。

重新來過是無腳的青春鳥，輕視自由的妄想，身體會以呵欠作為提醒，提醒時間一到，就該回到各自的地方，見好就收對彼此都好。

走到門邊，還是十多年前的那聲下次見，再看一眼，這回大家不再說走就走。

後記

上個月好不容易搶到一張李宗盛演唱會的票，照理說新書發行的前一晚，我已經看完演唱會，就在紅２Ｅ區的座位。很想知道當天的我有沒有哭？哭了幾次？那份住著往事的歌單，中了幾首？記得十五年前，身上沒幾個錢，也找不到人陪，一個人騎著車，在便利商店門口兜了好幾圈。十五年後，物換星移，幸好李宗盛還是李宗盛，而我還是我，這一次不給遺憾。

我忙著孤獨

作　　者 | 精神科觀察日記・威廉(曾世豐)
發 行 人 | 林隆奮 Frank Lin
社　　長 | 蘇國林 Green Su

出版團隊

總 編 輯 | 葉怡慧 Carol Yeh
主　　編 | 鄭世佳 Josephine Cheng
企劃編輯 | 楊玲宜 ErinYang
責任行銷 | 鄧雅云 Elsa Deng
裝幀設計 | 張　巖 CHANG YEN
版面構成 | 張語辰 Chang Chen

行銷統籌

業務處長 | 吳宗庭 Tim Wu
業務主任 | 蘇倍生 Benson Su
業務專員 | 鍾依娟 Irina Chung
業務秘書 | 陳曉琪 Angel Chen、莊皓雯 Gia Chuang
行銷主任 | 朱韻淑 Vina Ju

發行公司 | 悅知文化　精誠資訊股份有限公司
105台北市松山區復興北路99號12樓
訂購專線 | (02) 2719-8811
訂購傳真 | (02) 2719-7980
專屬網址 | http://www.delightpress.com.tw
悅知客服 | cs@delightpress.com.tw
ISBN : 978-986-510-190-9
建議售價 | 新台幣380元
初版一刷 | 2021年12月

國家圖書館出版品預行編目資料

我忙著孤獨/精神科觀察日記.威廉(曾世豐)著. -- 初版. -- 臺北市 : 精誠資訊股份有限公司, 2021.12
面；　公分
ISBN 978-986-510-190-9(平裝)

863.55　　110018942

建議分類 | 華文創作

悅知文化
Delight Press

線上讀者問卷 TAKE OUR ONLINE READER SURVEY

孤獨，是中性的詞，
是不受負累也不被打擾的狀態，
是一種享受。

——————《我忙著孤獨》

請拿出手機掃描以下QRcode或輸入
以下網址，即可連結讀者問卷。
關於這本書的任何閱讀心得或建議，
歡迎與我們分享 :)

https://bit.ly/3gDIBez

Busy
Going Solo